詩가 있는 풍경

이해균의 스케치 여행

詩가 있는 풍경

이해균의 스케치여행

이해균 지음

구름서재

늦게가 있는 풍경
이해균의 스케치 여행

1판 1쇄 펴냄 | 2012년 11월 15일

지은이 | 이해균

책임편집 | 박찬규 **디자인** | 김대인
펴낸곳 | 구름서재

제369-2009-000058호

121-839 서울시 마포구 서교동 375-24 그린홈 301호
전화 | 02_3141_9120 **팩스** | 02_6918_6684
전자우편 | fabrice1@chol.com
블로그 | http://blog.naver.com/fabrice

가격 | 13,000원
ISBN 978-89-6664-004-1 (03810)

구름서재

자화상

그림에 착취당한 시처럼
열혈을 묻어둔 내성처럼
나를 속여먹은
뼈아픈 교만
해거름에 길 묻는
무모한 돌진이거나
웃고 있는 울음이라는
허망한
거죽

*
차례

서울, 인천

경기

강원, 충청도

전라도

경상도

연주대가 보이는
관악산에서
2011. 2 해천

•관악산: 서울 관악구 신림9동, 경기 과천시, 안양시에 걸쳐있는 산 (02)880-3692

회색 도시의 산소통, 관악산

악산이지만 매연에 찌든 도시를 숨 쉬게 하는 산소호흡기 같은 산이다. 돌길 올라 만난 연주암은 점심공양에 붐볐다. 뱃살 불룩한 군상들의 긴 줄에 호기심이 생겨 끼어보지만 맛은 그다지 개운치 않다. 그래도 자비의 은덕은 에너지가 되기에 충분하다. 양지엔 온통 내어 온 음식을 먹느라 피크닉을 방불케 했다. 설끝이라 남은 음식들을 싸온 듯 풍성하다. 아, 먹기 위해 목숨 걸고 사는 인생, 벼랑 끝에 매달린 연주대가 위태로운 삶을 풍자하고 있다. 등산객으로 북새통인 좁은 산길에 누군가 송아지만한 개 두 마리를 데리고 와 시비가 붙었다. '복잡한데 개까지 데리고 와! 싸가지 없이', '당신은 복잡한데 왜 나왔어!' 변질된 언어의 유통이 악취를 풍긴다. 겨울을 떼어놓고 가장 추운 곳을 통과한 봄을 공손히 맞으러 가자. 🔳

*남산골 한옥마을

　　55년만의 강추위에 마음까지 얼어붙었다. 그래도 입춘에 비껴선 추위가 한풀 꺾인 오늘, 남산골 한옥마을엔 많은 사람들이 나들이 왔다. 팽이치기, 굴렁쇠놀이, 투호, 윷놀이 등 민속놀이가 왁자지껄 펼쳐져 아련한 동심으로 돌아갔다. 소원을 적어 달집에 달고 입춘대길, 건양다경도 멋지게 써 본다. 한지 속 깊이 스며드는 발묵이 대춘을 새삼 꿈꾸게 한다. 다양한 행사에 공연까지 곁들여졌다. 전통타악기공연, 화선무, 난타, 태평무, 한풍에 콧날을 더욱 세운 서양인들이 분주히 사진 찍고 박수치며 흥에 젖었다. 오늘 하루 체면불사 신나게 웃어보자. 오는 봄이 대길하길. 달집태우기 할 생솔가지가 대춘의 봉화처럼 세워졌다. 그러나 봄을 위한 퍼포먼스는 무엇보다 내 마음을 대보름달처럼 훤히 밝히는 것이리.

남산골 한옥마을은 서울의 유명고택을 옮겨놓은 것이며 사람이 살지 않는 게 북촌 한옥마을과 다르다. 처음 한옥마을을 찾지 못해 헤맸는데 골목마다 인도의 오토릭샤 같은 것들이 인쇄물 종이를 가득 싣고 오갔다. '철거덕~철거덕~' 윤전기 소리 들려오는 좁은 길이 화려한 큰길가와 대조를 이룬다. 비탈진 골목길을 걷다가 나는 문득 이런 시 한 편을 생각해 냈다.

남산골 한옥마을
2012 해원

남산자락 텅 빈 나뭇가지 사이로
다 식은 국물처럼 흐린 하늘
쏟아져 내리는 오후
극동빌딩 골목길 우산 없이 지날 때
육중한 윤전기 소리 달다

충무로에는 소문난 골뱅이 집들 많지
순한 연체 고동과 코를 찌르는 독한
대파가 만나 어우러진 맛의 기막힌 궁합

네가 있어 가난한 살림에도
나 오늘 하루쯤 영화롭고 즐겁구나
아내와 크게 다툰 날이면
절로 떠오르는 집
영락이여, 얼얼 매콤한 사랑이여

방남수 '충무로 골뱅이'

12 늘푸가있는 풍경

나도 충무로 골뱅이 집에서 한잔 푸고 싶지만 대낮이라 그만 뒀다.
대신 웅진빌딩 뒤편에 자리한 사랑방 칼국수 집에서 찌그러진 양은
냄비에 담겨 나온 칼국수를 먹었다. 국수보다 더 멋스러운 건 나지막
하고 아늑한 이 집의 분위기다. 1968년 개업했다니 44년 되었다. 닭고
기, 쌀, 멸치, 김 가루, 파, 콩은 국산. 마늘, 고춧가루, 참깨는 중국산.
밀은 미국산이라고 솔직하게 적혀있어 더욱 믿음이 갔다.

• 남산골 한옥마을: 서울 중구 필동 2가 84-1 (02)2264-4412
• 사랑방칼국수: 서울시 중구 충무로3가 23-1 02)2272-2020

마지막 달동네
중계동 백사마을
2012 설날 하친

• 중계동 백사마을: 서울시 노원구 중계본동 104

14 글씨가 있는 풍경

*마지막 달동네,
중계동 백사마을

　　매서운 추위가 칼바람을 대동한 설날 오후, 서울의 마지막 달동네 중계동 백사마을을 찾았다. 금방이라도 무너져 내릴 것 같은 조악한 집들이 얼기설기 애환의 어깨를 마주하고 있다. 골목길을 걸을 때 양철 굴뚝으로 새어나오는 연탄가스가 매캐하게 폐부로 스며들었다. 수많은 목숨을 채어간 가스지만 밥 짓고, 세숫물 데우고, 아랫목 달궈준 연탄불이었다. 때때옷 입은 아이들이 엄마 손 잡고 나들이 가는 언덕길은 가난해도 좋은 정겨움이다. 백사마을은 청계천 개발 때 철거된 이주민촌이라고 한다. 고 육영수 여사로부터 국수를 배급받아 먹던 서러운 이들이 이제 또 재개발이란 미명에 떠나야 한다. 그들에게 이곳은 아쉬운 상실일까, 그리운 추억일까, 새로운 희망일까?

　　불암산 자락에 위치한 중계동 백사마을의 개발 계획이 확정되었다고 한다. 과거의 전면 철거가 아닌 현대식 아파트와 내부를 리모델링하여 원형을 보전하는 공존방식이어서 의미 있는 개발사례가 될 것 같다. ■

*북촌 한옥마을

　　북촌 한옥마을은 한옥의 멋이 온전한 실생활지로 여기저기 널브러진 전통한옥의 숨결을 느낄 수 있다. 골목길도 정겹고 군데군데 게스트하우스가 외국 여행자를 맞고 있어 더욱 자랑스럽다. 겨울연가의 촬영지 중앙고등학교 앞에서 사진을 찍고 기념품을 고르는 일본인 관광객들의 흥분된 미소가 해맑다. 좁은 골목길도 친숙하고 위에서 내려다보는 커다란 기왓장은 물고기의 비늘처럼 꿈틀댄다. 그래서 고래등 같은 기와집이라고 했던가. 추위도 불사하고 골목마다 카메라를 든 외국인이 더 붐빈다. 한국을 느끼고 싶은데 고색창연해야 할 오랜 역사의 수도는 전란과 산업화를 겪으며 콘크리트 더미에 묻혔으니 그들도 어디에서 한국을 찾을지 답답했을 것이다. 남아있는 것만이라도 잘 보존하여 쌈지 속 보석 같은 전통의 향수를 언제든 꺼내보고 맡을 수 있으면 좋겠다.

　　편리함에 지배된 아름다움, 급격한 진보는 가끔 돌이킬 수 없는 퇴보가 될 수도 있다. 🔳

•북촌한옥마을: 서울시 종로구 가회동, 삼청동, 원서동, 재동 일대 (02)3707-8388

북촌 가는 길

 3호선 안국역 하차, 2번 또는 3번 출구로 나와 계동 길로 들어서면 한옥 마을이다. 끝부분에 다다른 중앙고등학교(겨울연가의 촬영지)에서 좌측 언덕으로 이어지는 한옥들을 둘러본 후. 가회동11~31번지 길을 꼼꼼히 둘러봐야 할 것이다. 다시 좌측 언덕을 넘어 삼청동 한옥들을 보고 학고재, 아트선재, 금호, 현대 등의 미술관을 둘러보며 안국동 쪽으로 내려오거나 바로 연결되는 인사동으로 나와 다양한 한식집, 혹은 찻집에서 한옥 산책의 느낌을 이을 수도 있겠다.

인수봉이 보이는
북한산

2010. 11. 길해*준*

모처럼 월요일 고양시 덕양구 북한
산 1-1

*북한산과 인수봉

　'꼬끼오~' 윤기 있는 수탉 소리를 뒤로하고 새벽 산을 오른다. 이 산을 오르고자 했던 것이 30년이 넘었다. 송추 쪽으로의 산행은 다소 험하고 힘들지만 태극기 휘날리는 백운대에 올랐을 땐 모든 것이 충만했다. 이 기쁨을 위해 수많은 사람들이 힘든 것 감내하며 꼬리를 잇는 것이리라. 참으로 자랑스러운 우리의 산 북한산. 세계 어느 나라의 수도 곁에도 이렇게 아름다운 산은 없을 것이다. 여기에 풍요로운 한강까지 있으니 참으로 서울은 축복받은 땅이다. 준비 없는 자들의 용맹한 목숨을 성급히 앗아간 인수봉이, 식후의 사자처럼 오수에 젖어있다. 멀리 도봉산을 바라보며 먹는 김밥이 꿀맛이다. 구파발쪽으로 내려오는 길에 만난 대동사 팻말에 다음과 같은 글이 일방적으로 새겨 있어 터질 것 같은 웃음을 속으로 견뎠다.
'시부모님을 부처님처럼 공경하라!' ■

*석모도,
갈매기와 보문사가 있는 섬

새우깡에 길들여진 갈매기가 뱃전을 뒤덮어 장관을 이룬다. 석모도엔 전설 많은 보문사가 있다. 노송들이 경배하는 일주문에 들어서자 특유의 절 내음이 그윽이 풍겨온다. 어느 곳이고 절 주변은 육중한 소나무로 뒤덮여 가장 한국적인 멋을 느낄 수 있다. 이 사원의 힘 또한 낙가산을 오르는 숲길이다. 서해가 보이고 맑은 공기가 폐부를 정화해주는 곳, 천천히 경내를 산책하며 헝클어진 마음을 정돈한다. 하산 길에 쑥 부침을 건네며 호객하는 식당 사람들이 정겨워, 산채비빔밥에 얼음에 재운 강화 인삼막걸리 한잔 들이킨다. 약간의 취기는 잡사를 마취시키는 진통제이자 지친 힘을 재생하는 활성비타민. 나는 다시 민머루 해변 가는 버스에 오른다. 차창으로 내다보이는 푸른 하늘에 흰 구름이 단속곳처럼 걸려있는 성하의 오후. ■

· 보문사: 인천광역시 강화군 삼선면 매음리 629 (032)933-8271
· 민 머루 해수욕장: 인천광역시 강화군 삼선면 매음1리 (032)930-4510

*소래포구

　　수인선 협궤열차가 낭만을 싣고 떠나던 곳, 천천히 횡적 삶을 돌아보게 하던 그 멋진 열차는 볼 수가 없다. 꼬불꼬불 따라가던 시골길도 정겨웠는데 어느새 사라지고 높다란 고가도로 위에 수많은 차들이 경주하듯 달리고 있다. 드넓은 갯벌은 습지생태공원으로 탈바꿈하여 그나마 다행이지만 비릿한 고깃배가 들락대던 포구는 거대한 아파트가 침범하여 그 명맥이 위태로울 지경이다. 하지만 시끌벅적 북적대는 시장풍경은 시들한 일상에 충분히 활기를 주었다. 꽃게 파는 아주머니들의 거친 목소리도 힘차고, 손님을 찾는 횟집 아주머니의 목소리도 윤기 있다. 무엇보다 수북이 쌓인 새우는 가을 시장을 장악한 채 다가올 김장철을 예고하고 있다. ▨

소래 새우 시장

· 소래포구 종합어시장: 인천광역시 남동구 논현동111 (032)426-4124

영흥도
십리포해수욕장
소사나무 군락
2010. 12 해군

- 십리포 소사나무 군락지: 인천광역시 옹진군 영흥면 영흥어촌계 (032)886-7108
- 소나무집: 경기 안산시 단원구 대부동 96-10 (032)886-2450, 883-8399

*십리포 소사나무 군락

싸늘한 겨울 바다에 하얀 포말이 밀려온다. 고적한 빈 바다에 형체 없이 밀려오는 상념.

차가운 해풍을 막아선 방풍림(옹진군 지정 천연보호림)은 고단한 삶처럼 치열하게 엉켜 있다. 인간을 지키려고 삭풍을 견뎌내는 나무의 밑동은 부스럼처럼 곪은 상처가 덕지덕지하다. 400여 미터의 군락은 그렇게 100여년을 방패로 살아왔다. 지난 여름 바다를 좋아하시는 노모를 모시고 이곳을 탐방한 후 다시 찾은 곳, 지친 심신을 내려놓을 사색적 풍경이다. 귀로에 방앗간의 참새처럼 칼국수집을 찾았다. 전직 도지사들의 사인이 우쭐대며 붙어있는 이 집의 칼국수는 거금 일만원을 받아들인다. 깐 바지락을 푸짐하게 넣은 만큼 메뉴판엔 정정당당이라는 글자가 자신 있게 붙어있다. ■

*월곶 포구

　　왁자지껄한 소리를 빠져나와 월곶으로 들어서면 활처럼 휜 해변길이 시원스레 뻗어있다. 반달처럼 생겼다 하여 월곶이라 명명된 이 포구는 소래포구에 비해 매우 정적이다. 낚시꾼들이 긴 낚싯대를 드리우고 여기저기 망중한에 젖어있다. 갑자기 호객꾼이 튀어나와 깜짝 놀랐다. 영자의 전성시대의 영자처럼 생긴 그녀는 생업의 일상적 수단인 듯 익숙하면서도 긴박하게 자기네 횟집을 소개했다. 외면하기엔 민망할 정도로 바짝 다가와 다정다감하고 친절하게. 포구엔 크고 작은 고깃배들이 출정을 기다리는 전함처럼 치열한 삶을 이겨내기 위해 도열해 있다. 황사 낀 사월, 만날 사람 없는 선창이지만 무언가 기다려진다. 한차례 돌개바람이 휑하게 지나가고 가로등만 긴 목을 빼고 있다. 해변이 바라보이는 횟집에 홀로 앉아 한적히 낮술 한잔 마시고픈 낯설고 모호한 포구의 오후. 🔲

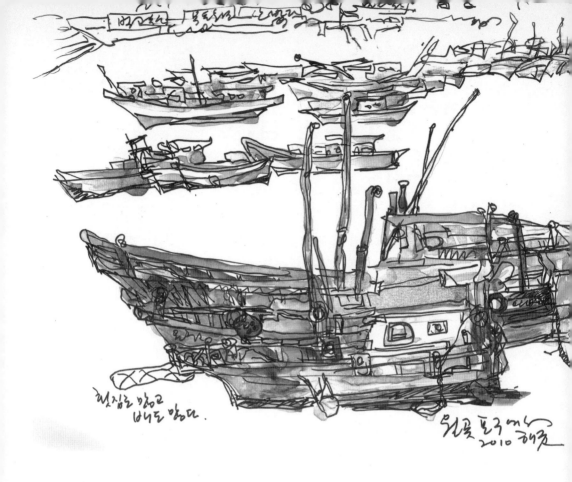

헛집도 많고
배도 많다.

원곳 포구에서
2010 해롱

• 월곶포구: 인천광역시 남동구 고잔동 820-4 / 경기 시흥시 월곶동

근대의 사교클럽, 제물포구락부

　　근대란 기억의 가시거리에 있는 어렴풋한 경험의 이미지이거나 가까이 전해지는 추억 같은 것. 개항(1983) 100년을 넘긴 인천항은 스치듯 지나간 근대의 모습들이 굴곡진 세월의 무늬처럼 고스란히 남아있다. 자유공원을 오르는 길 양쪽으로 좌측은 청나라의 조계지, 우측은 일본의 목조건물과 르네상스식 은행들이며 우체국이 그대로 남아있다. 청나라의 조계지 자리는 차이나타운으로 북적대고 그들이 이 땅에서 막노동하며 먹던 짜장면이 집집마다 추억의 맛을 깨웠다. 짜장면과 화덕만두를 먹으려는 긴 줄은 짜장면박물관 까지 생기게 한 원인이었을까? 언덕 끝자락의 제물포구락부는 근대적 사교장으로 러시아인 사바틴이 설계한, 요즘으로 치면 클럽에 해당하는 명소다. 그때 그 모습대로 복원해 놓은 바며 의자들이 사뭇 분위기 있다.

　　제물포구락부를 보며 쿠바의 아바나 근교에 있는 헤밍웨이의 집이 떠올랐다. 항구가 보이는 언덕 위의 숲속에 자리한 것이 비슷하다. 다만 제물포구락부는 단출한 건물 한 채지만 근대문화의 현장이라는 고풍스러움이 묻어난다. 제물포구락부는 근대문화가 유입되었던

• 제물포구락부(영상스토리텔링 박물관): 인천광역시 중구 송학로 1가 7 (032)760-7670
• 짜장면 박물관(구 공화춘): 인천광역시 북성동 1가 38-1 (032)773-9812

제물포에 거주하던 외국인들의 사교 장소였으며 차와 술을 마시며 무도회를 열기도 했다고 한다. 내부에는 사교실, 도서실, 당구대가 있고 실외엔 테니스코트까지 있었다고 한다.

1900년에 설계하여 1901년에 완성한 건물로 미국 공사관 알렌 부인이 은제 열쇠로 출입문을 엶으로써 본격적인 운영에 들어갔다고 한다. 이날 참석한 사람은 고페 영국영사, 설계자 사바찐, 미국인 데쉴러, 독일인 뤼어스 등이며 고종의 주치의 분쉬, 대한제국의 애국가를 만든 에케르트, 우리나라에 처음 전차를 도입한 미국인 사업가 콜브란, 미국의 이민 사업가며 한국인을 하와이에 송출한 데쉴러 등 수많은 외국인들이 스쳐간 개화기의 사교장이다. 제물포구락부는 1888년 우리나라 최초로 조성된 서양식 공원 만국공원(자유공원)을 오르는 끝부분에 있다. 차이나타운은 화덕만두와 짜장면을 먹으려는 긴 줄이 끊이지 않았다. 나는 얼큰한 사천짬뽕 국물에 불을 붙여 삼국지 거리의 영웅호걸 앞에서 진땀을 뺐다. ■

*임금님의 농심,
청의정 清漪亭

　　　창덕궁엔 울창한 숲과 각기 다른 정자가 이어진 후원이 있다. 능선을 오르내리며 만난 옥류천 골짜기엔 궁궐에서 유일한 초가 정자 청의정이 서 있고 자그마한 논엔 벼가 자라고 있었다. 임금이 직접 벼농사를 지으며 농심을 헤아린 곳이다. 한 무리 도시 아이들이 해설사의 이야기에 토끼처럼 쫑긋 귀를 세웠다. 오월 말에 모내기와 시월 말에 벼 베기 행사가 있다고 한다.

> 정자나무 그늘 밑에 좌차를 정한 후에 점심그릇 열어놓고 보리단술 먼저 먹세.
> 반찬이야 있고 없고 주린 창자 메인 후에 청풍에 취포하니 잠시간 낙이로다

농가월령가의 한 대목을 생각하다가 두고 온 고향이 왈칵 떠올랐다. 논두렁의 황새가 정자 위의 선비처럼 풍류를 은유하던, 푸른 논이 있는 곳.

창덕궁 관리소장으로 있는 고향 친구 덕분에 후원의 능선을 넘고 숲
길을 걸어 비교적 꼼꼼히 볼 수 있었다. 빗장을 열어 홍학 떼가 몰려
있던 그 옛날의 창경원(창경궁) 춘당지로 갔다. 왜가리 한 마리가 연
못의 나뭇가지에 앉아있는 여름날 오후. 문득 농사일 하시던 아버지
가 논 가운데서 김 메던 풍경이 그려졌다. 아버지가 떠나신 후 어머
니는 8년째 누워 계신다. 한평생 살아온 짝을 잃는 다는 것은 아무런
의미가 없는 삶일까? 나에게 따뜻하셨던 어머니를 생각하다가 이런
시를 떠올렸다.

• 창경궁: 서울시 종로구 율곡로 99 (02)762-9513)

병원에 갈 채비를 하며
어머니께서
한 소식 던지신다

허리가 아프니까
세상이 다 의자로 보여야
꽃도 열매도, 그게 다
의자에 앉아 있는 것이여

주말엔
아버지 산소 좀 다녀와라
그래도 큰애 네가
아버지한테는 좋은 의자 아녔냐
(중략)
싸우지 말고 살거라
결혼하고 애 낳고 사는 게 별거냐
그늘 좋고 풍경 좋은데다가
의자 몇 개 내 놓는 거여

이정록 '의자'

입담 좋은 시인 이정록의 '의자'를 생각하며 술 냄새, 떡 냄새, 사람
냄새 풍겨오는 낙원동을 지난다. 어디 골목에 가서 냉막걸리 한 사발
걸쳐야겠다. ▪

진달래 꽃

김소월

나 보기가 역겨워
가실 때에는
말 없이 고이
보내 드리우리다

영변에 약산 진달래꽃
아름 따다 가실 길에
뿌리우리다

가시는 걸음걸음
놓인 그 꽃을
사뿐히 즈려밟고 가시옵소서

나 보기가 역겨워 가실 때에는
죽어도 아니 눈물
흘리우리다.

강화
고려산
201?
해?

• 고려산 진달래축제: 인천광역시 강화군 강화대로394(관청리163) (032)930-3621, 3623
• 강화군 문화예술과: (032)930-3623

*
진달래 군락지, 강화 고려산

      지나간 일들에 시간을 쓰지 않겠다. 존재하는 것은 지금 이 시간뿐이다. 잘 익은 봄볕은 비타민D의 공급원, 천연 영양제를 흡수한다. 흐드러진 참꽃을 내 안에 가득 들여와 옛날처럼 향도 맡고 씹어도 보리라는 기대는 고려산 정상에 와서 접었다. 지난 겨울의 혹독한 추위가 개화를 늦춘 것이다. 그래도 부분적으로 핀 꽃들이 위안을 준다. 어쩌면 심중의 꽃이 대춘의 설렘처럼 좋았을 것이다. 남미 인디오가 원색의 민속의상을 입고 산포냐를 연주한다. 베사메무쵸, 몇 해 전 페루 여행 때의 꼴까 계곡이 떠오른다. 봄바람에 날리는 음표처럼 가벼운 춘사월 하루. 귀로에 강화 명물 밴댕이회에 쐐주 한잔 걸친다. 눈물겨운 축복의 봄, 내가 건강히 살아 있다는 것만으로도 얼마나 행복한 일인가.

산 속의 고인돌 군도 볼거리고 정상에서 파는 음식도 맛났다. 멀리 내려다보이는 김포평야와 서해가 시원하게 가슴을 열어준다. 코스별로 차이가 있지만 4시간 안팎으로 등산할 수 있다.

*
고기리 가는 길

수지에서 고기리 가는 길은 호젓해서 좋다. 들깨 향기 풍겨오는 가을 문턱에 혼자라도 좋고 동행자가 있다면 더욱 좋을 드라이브 코스다. 백로가 나는 푸른 논엔 갈바람이 파도처럼 일렁인다. 깨끗한 물이 계곡에 넘쳐흐르고 분위기 있는 카페가 있는 곳. 아직도 길가의 논두렁엔 방아깨비 날고 낚시꾼이 있는 저수지엔 매운탕 냄새가 풍겨올까?

시골 길을 걸으면 옛 생각이 이슬처럼 맺힌다. 논두렁을 걷듯 생의 행로를 얘기하는 이런 시가 있다.

내 영혼은 오늘도 꽁무니에 반딧불이를 켜고 시골집으로 갔다가 밤새워 맑은 이슬이 되어 토란잎 위를 구르다가 햇빛 쨍쨍한 날 깜장 고무신을 타고 신나게 봇도랑을 따라 흐르다가 이제는 의젓한 중학생이 되어 기나긴 목화밭 길을 걷다가 느닷없이 출근했다가 아몬드에서 한잔 하다가 밤늦은 시간 가로수 긴 그림자를 넘어 언덕길을 오르다가 다시 출근했다가 이번에는 본적 없는 어느 광막한 호숫가에 이르러 꽁무니의 반딧불이도 끄고 다소간의 눈물 흘리다.

이시영 '잠들기 전에'

•고기리 계곡: 경기 용인시 수지구 고기동

홍난파
20
4

· 홍난파(홍영후)생가: 경기 화성시 남양동 활초리

곁에 있어도 그리운 어머니처럼, 고향의 봄은 언제나 그려지는 따뜻한 곳이다. 불현듯 파란 들에서 남풍이 불어올 감미로운 향훈을 찾아 나선다. 남양 활초리에 들어서자 나지막한 언덕길이 길게이어졌다. 길가엔 복숭아꽃 살구꽃 아기진달래가 금방 내린 봄비에 얼굴 씻고 산뜻하게 마중했다. 하지만 난파의 생가를 안내하는 팻말은 인색하기만 했다. **이 시대에 이데올로기는 구차하다. 고향의 봄을 상징할 한 예술가의 집을 보고플 뿐이다.** 어렵게 찾은 난파의 생가는 싸리 울타리에 초라한 초가집이었다. 논배미마다 그득 물을 들여놓고 모내기를 준비하는 적막한 마을이지만 그 옛날의 꽃 대궐이 그려진다. 귀로에, 내 영혼의 한가운데 파리나무십자가합창단의 고향의 봄이 가슴 적시며 울려왔다.

내가 생각했던 것보다 그의 생가는 세상을 돌아앉은 전형적 시골이었다. 그야말로 고향무정을 떠올리는. ■

고향의 봄, 홍난파 생가에서

한남정맥
광교산에서 2011 해월

광교산과 구름여행

인생은 푸른 하늘을 떠돌며 방랑하는 구름 여행이다. 광교산에 올라 구름처럼 흘러간 유년과 청춘을 한남정맥 멀리 소실점 너머로 바라본다. 헤르만 헤세 '향수'의 한 대목처럼, 아련히.

구름은 모든 방랑과 탐구와 향수의 영원한 상징이다. 구름이 하늘과 땅 사이에서 방황하면서 떠 있듯이, 인간의 영혼은 시간과 영원 사이에서 방황하고 있다. 오! 구름, 쉬지 않고 흘러가는 아름다운 구름이여! 그때 나는 철부지 어린아이였고 구름을 사랑하며 구름을 바라보고 살아왔다. 그러나 나 역시 한조각 구름으로 방랑길을 떠나, 낯선 인간으로 시간과 영원 사이를 떠돌며 인생을 마치게 될 줄 몰랐다

헤르만 헤세 '향수'

·광교산: 경기 용인시 수지구 신봉동 (031)228-2341
　　　　경기 수원시 장안구 상광교동

'로 항해가 있다, 공평
화성 풍경

*
궁평항 낙조

　　또 한해가 기울었다. 잔잔한 파도는 은빛 지느러미를 파닥이고 빈 바다엔 두고 갈 추억만 남겼다. 방파제를 걷는 연인, 매서운 해풍에 굴하지 않고 솜사탕을 파는 아저씨, 고달픈 삶을 이끌어내는 각설이의 질긴 육자배기, 불우이웃돕기 하는 무명가수의 통기타 앞에서 M은 비장하게 지갑을 열었다. 아, 이 해가 가기 전에 다시 한 번 치열하다. 귀로에 미술관에 들렀다. 입구로 통하는 아르페지오네 카페엔 피셔디셔카우의 '겨울 나그네'가 감미롭게 흘렀다. 음악과 그림과 커피가 있는 난로 가에서 노부부(화가)와의 담소는 너무나도 따뜻했다. 느리게 살자! 동짓달 짧은 해가 어둠에 묻힌 길에 고은의 시 한 구절이 헐벗은 가슴을 친다.

내려 갈 때 보았네, 올라갈 때 못 본 그 꽃

고은 '그 꽃'

• 궁평항: 경기 화성시 서신면 궁평리(화성팔경의 하나이다.)
• 정문규 미술관(카페 아르페지오네): 경기 안산시 단원구 선감동 680-9 (032)889-3753

*남양성모성지

    마치 삶을 되돌아보며 고해성사라도 해야 할 것 같은 순례길이 길게 이어진 이곳은 화성 팔경의 하나이다. 한 해도 저물어 가는 성탄절 앞, 허공엔 서릿발 같은 한줄기 삭풍이 지나간다. 1866년 무명의 교인들이 순교한 성지이며 1991년 한국 교회사상 처음으로 성모마리아 순례지역으로 선포된 곳이다. 신유박해, 병인박해 때 1만여 명이 순교했고, 이곳에서도 김 필립보, 박 마리아 부부, 정 필립보, 김홍서 토마가 교수형을 당한 성지이기도 하다. 십자가의 길을 따라 숲을 거닐다가 안온한 성모상 앞에서 상처 난 마음을 내려놓았다. 홍난파 선생의 고향 활초리를 비롯한 이곳은 1839년 이전 교우촌이 형성되었으며 가장 오래된 천주교 지역으로 추정된다. 성모께 기도한다. 삶에 방해가 되지 않는, 나를 찾는 내가 되기를.

· 남양성모성지: 경기 화성시 남양동 1704 (031)356-5880

*내리

'윗분한테 존경, 아래로는 사랑', '공해 없는 우리 마을, 살기 좋은 우리 마을'

이 마을을 알리는 입구의 이정표가 순수하고 정겹다. 하얀 페인트칠한 돌 위에 사방 다른 글이 담겼다. 아산의 외암리 민속마을은 고가를 보존하기 위한 것이어서 빈집이 많지만 이곳은 실재로 사람이 살고 있는 마을이다. 찔레꽃 향 가득한 오월, 돌담길 따라 촌색시 같은 수국이 보름달처럼 훤하게 밝히고 있다. 조금만 나가면 도회의 아파트 숲인데 이런 마을이 있다니….

돌담길과, 다랭이논과, 고목들이 있는 마을, 언덕 위 밭두렁에 야생화가 만발해 있고 산자락에선 종일 뻐꾸기가 울었다.

전형적인 시골 풍경이 고스란히 남아있는 아름다운 마을이지만 이곳도 개발이 진행되어 아파트가 들어설 것이라고 한다. 아무리 조용한 시골도 그냥 두지 않는 문명의 침투는 무섭다. ▪

• 내리: 경기 화성시 봉담읍 내리

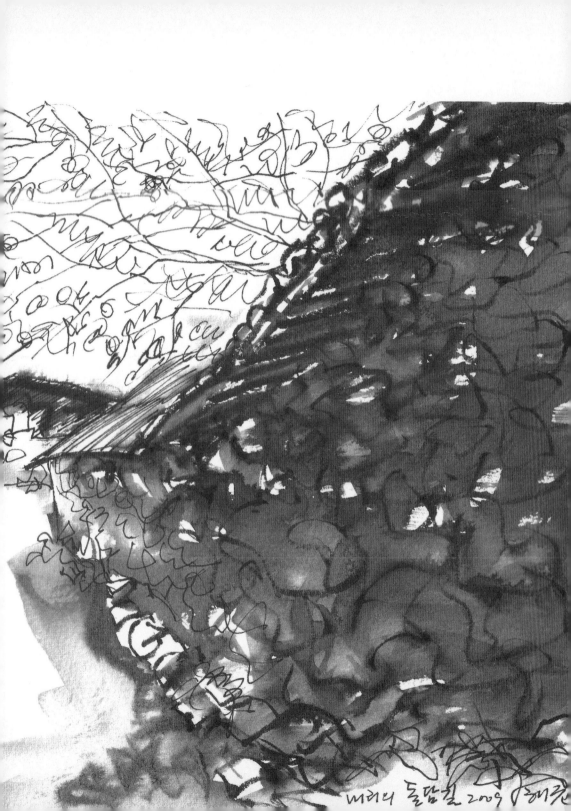

비리리 돌담길 2009 해권

*농섬과 매향리

차디찬 바다는 긴 철책을 드리운 채 썰물에 비워졌다. 콘크리트길이 절반쯤 나 있는 농섬 쪽으로 들어가니 장화 신은 할머니들이 굴을 따고 있다. 50여 년 동안 바다에 들어올 수도 없었다며 지나간 시간을 푸념한다. 1951년 한국전쟁 당시 미 공군이 사격연습장으로 사용하던 농섬. 1968년에는 기총사격까지 하였고 이는 폐쇄 때까지 계속됐다. 100데시벨 이상의 소음 속에서 54년을 일상생활과 목숨을 위협받았던 매향리 사람들. 1988년 견디다 못한 주민들의 항의는 시작되었고 17년을 투쟁한 2005년 8월 마침내 쿠니사격장 폐쇄를 이끌었다. 귀로에 농섬에서 수거한 폭탄들을 모아둔 평화공원 조성 부지에 들렀다. 녹슨 폭탄들이 널브러진 주민대책위원회 마당은 전쟁이 끝난 격전지 같았다. 중금속처럼 오염된 불안한 평화, 이 땅에 진정한 평화는 언제 오려는가?

굴 따는 할머니들의 손놀림은 무척 분주했다. 길가엔 1관 짜리 커다란 굴 망이 여러 개 보였다. 1kg에 15,000원정도 받는다며 할머니는 옆도 돌아보지 않고 작업에 몰두했다. 이곳 바다는 미군의 사격 후유증으로 아직 오염돼 있는 상태라고 하는데 어패류는 비교적 안전하다고 한다. 하지만 불발탄과 잔존물로 인한 안전과 오염은 대대적 환경정화가 필요해 보인다. 주민대책위원회가 수거한 각종 폭탄들은 임시로 전시되어 보관 중에 있었다. 이곳을 평화공원으로 만들어 전시와 부대시설을 개발할 계획이지만 실행까지는 요원해 보인다.

폭탄을 임시 전시하고 있는 평화공원 조성 주민대책위원회는 기아산업 후문 건너편 언덕에 있다. 좌측 길가에 임옥상 선생의 폭탄을 이용한 조형물이 보인다. ■

• 매향리: 경기 화성시 우정읍 매향리 마을 대표전화 (031)351-6117 조암시내에서 기아산업 쪽으로 가다보면 우측에 매향리, 고은리라는 이정표가 나온다.
• 매향리이장: 010-5303-2826

놀납라 매향리
2012 해 귄

*
대부도

　1999년 대부도. 갯벌과 바지락 칼국수와 가을 전어, 그리고 왕새우로 상징되는 섬 아닌 섬. 이곳에 또 하나의 명물 소금 창고가 있었다. 은빛 바닷물을 가두어 천일염을 만드는 낡았지만 진정한 삶의 방식. 갯벌 위의 짱뚱어가 점프를 하고, 어글리한 망둥어가 멍텅구리 낚시에 거침없이 매달리는 곳. 볕 따가운 길가의 포도원에 올망졸망 꿀포도가 매달려있고, 송림 사이로 얼큰한 매운탕 냄새가 저녁연기처럼 모락모락 풍겨오는 섬. 아! 힘든 세월의 무게에도 향수가 묻어나는 그 섬에, 나는 지금도 국수 좋아하시는 노모를 모시고 오리지널 바지락 칼국수를 먹으러 간다. ■

대부도 선 ...장은
1995, 김 ...

· 대부도: 경기 안산시 단원구 대부도동 (031)481-6591

*두물머리 풍경

　　　수종사에서 바라본 남한강과 북한강을 두물머리에서 다시 만
난다. 오래된 느티나무 아래 황포돛대와 나룻배가 그 옛날을 재현할
때, 강은 걸쭉한 황톳물을 식중독 환자처럼 배설하고 있다. 자연을 거
슬린다는 것은 하늘을 거스른다는 것, 두물머리는 4대강 살리기 공사
의 마지막 공사에 돌입했다. 수많은 유기농 경작지가 사라지고 환경
이 파멸될 위기에 있다. 하지만 강변에 놓인 긴 산책로는 고단한 일
상을 내려놓을 수 있는 살가운 정경情景이다. 친구처럼, 연인처럼 추
억의 국화빵을 먹으며 느리게 걸어가는 사람들. 가끔 이런 풍경은 눈
물겹게 따뜻하다. 리처드 기어는 말했다.

**'세상을 어떻게 편집해야 할 것인지에 대한 결정은 이
성이 아닌 감성에서 비롯된다.'** 라고. 🔲

•두물머리: 경기 양평군 양서면 양수리 (031)770-2068

*명성산 아래 산정호수

가을비 머금은 바람이 상처 난 세월처럼 시리게 지나간다. 숲 속에서 가랑잎 발효되는 냄새가 눅눅히 풍겨왔다. 억새위로 눕는 갈 바람. 1년 후에 배달된다는 빨간 우체통이 있는 언덕에 올라서자, 푸르게 갠 하늘위로 고추잠자리가 고공비행을 한다. 나는 궁예의 떠도는 울음처럼 걸어 신선봉을 지나 삼각봉까지 갔다. 시나브로 울어대는 풀벌레소리를 경계선으로 상처 받은 민둥산 승진 훈련장을 비껴나왔다. 명성산 아래 산정호수는 사방의 산들을 물구나무 시켜놓고도 모자라 구름까지 엎어놓은 채 하늘과의 오랜 눈싸움을 멈추지 않고 있다. 바람결에 머리빗은 각시 풀이 산자락으로 흘러내리는 오솔길, 나는 매끈한 솔바람과 물 향기와 짧은 가을데이트를 즐겼다.

팽팽한 수면 위에 지나간 시간들이 나이테 같은 동심원을 그린다. 상처가 아물 듯 주름살 같은 풍진을 스스로 복구하며. 물결은 은빛물고기의 비늘처럼 눈부신 가을 햇살에 파닥인다. 파릇한 질경이가 카펫처럼 깔린 호반을 걸을 때 산국은 함초롬히 젖어 하얀 미소를 흰 잎쟁반에 담아냈다. 젊은 날 나는 이곳에서 군 생활을 마쳤다. 승진훈련장에서 비릿한 화약 냄새를 맡으며 훈련하던 기억, 위병소 앞 포플러나무를 지날 땐 면회 온 M과 작별하던 추억이 주마등처럼 스쳤다. 아등바등 분주한 젊은 날은 모두 재가 된, 그때 그 시절이 저리도록 그립다.

산정호수 2012
해 친촬식

•산정호수: 경기 포천시 영북면

＊ 모란시장

    사는 게 버거울 땐 시장을 찾는다. 치열한 생의 현장에서 작은 것을 소중히 할 줄 아는 삶의 묘법을 학습을 할 수 있기 때문이다. 오랫동안 그려오던 모란시장은 공교롭게도 비오는 밤이었다. 시들한 일상을 깨워줄 것이란 기대는 무너졌지만 분위기는 스산함을 물리칠 만큼 안온했다. 파시한 장터의 허름한 주점에 앉아 숯불에 구워낸 청어 구이에 막걸리 한 사발 들이켰다. 옆 식탁의 아저씨들이 자꾸만 말을 걸어온다. 무언가 유식한 척 내쏟는 말들이 장돌뱅이라는 말을 듣추게 된다. 장터란 원래 왁자지껄 떠벌리며 호응하는 것이 예의일 테지만. 이럴 땐 무식한 척 대충 받아 넘기는 게 상책이다. 무르익은 취기를 일으켜 동행한 후배의 차에 올랐으나 한참을 내달리던 차 안에서 기억 하나를 끄집어내고 못내 아쉬웠다. 아뿔싸! 식품점에서 산 클로렐라 칼국수를 주점에 두고 온 게 아닌가.

모란시장은 4일과 5일에 장이 서는 성남을 대표하는 전국 규모의 재래시장이다. 있을 건 다 있고 없을 건 없는 만물시장, 다만 다른 시장에 비해 보신육이 많이 유통되는 듯 간판도 그렇다. 낮에 봤으면 끔찍했을지도 모를 것이지만 차라리 모든 걸 덮어버리는 밤에 온 것이 나았을 것 같다. 내가 좋아했던 프랑스의 여배우 브리지뜨 바르도는 한국인이 개고기를 먹는 것을 비하하여 '개를 먹는 것은 식인문화다'고 하여 실망을 줬다. 하지만 미슐랭 스리스타 셰프인 피에르 가니에르는 모란시장에서 개고기 유통 과정을 보고 이렇게 말했다. "실제로 살아있는 개가 식견으로 팔리고 요리되는 모습을 목격한 것은 처음이었고 조금은 충격적이었다. 세상의 어느 생명체이든지 죽일 때는 안타깝고 징그럽다. 개고기를 먹어본 적은 없지만 프랑스인이 말고기를 즐기고 영국인이 개구리를 먹고 중국인이 원숭이 뇌를 먹는 것이나 한국인이 개를 먹는 것이 다를 게 없다고 나는 생각한다." 한국의 재래시장을 돌며 우리고유의 식재료를 살펴보고 있는 그는 과연 세계적 요리사답다. ■

· 모란 민속 장: 경기 성남시 중원구 성남동 4199 (031)721-9905
· 지하철: 모란역 / 버스: 9403, 9607, 116, 116-3, 119

詩가있는풍경

*

방화수류정 防花隨柳亭

결코 웅장하지 않은 이 소박한 자태에 미학적 관조가 더해진다. 푸른 수초를 타고 온 맑은 물이 화홍문을 통과하고, 장안문으로 향하는 당나귀가 먼 옛날을 당겨 온다. 용지의 은빛 버들잎은 낙화유수落花流水인양 덧없이 휘날리는데, 회초리 같은 세월은 여름 끝에 반항하는 소나기 같이 후드득 가슴을 치고 간다.

꽃을 찾고 버드나무와 노닌다는 뜻의 방화수류정은 CNN이 선정한 가볼만한 한국의 관광지 50에 선정된 곳이다.

방화수류정은 **누구나 맨발로 올라갈 수 있고 마루에 앉아 풍류를 즐긴다**고 해서 법적으로 제지할 사람은 없다. 깨끗하고 건전하게 관람할 양심의 자격이 갖춰졌다면 말이다. 무엇보다 사람의 체온이 습도에 도움이 된다고 하니 개방하는 것은 좋으나 몇 해 전 서장대가 어느 취객이 낸 불에 전소된 것을 생각하면 출입 자체가 위험함을 느낄 때도 있다. 세계문화유산 수원화성의 백미 방화수류정은 주야로 아름답다. ■

• 방화수류정(보물1709): 경기 수원시 장안구 연무동 190
• 수원문화재단: 경기 수원시 행궁동 11 (031)290-3600

- 새마대: 경기 오산시 지곶동 162-1
- 보적사: 경기 오산시 지곶동 150 세마대길 94
  (031)372-3433

백제의 고성
독산성禿山城과 세마대洗馬臺

    산자락에 우뚝 선 독산성 세마대 산문을 지나 가파른 산길을 오르면 산등성이에 커다란 정자 하나가 등장한다. 임진왜란 때 권율 장군은 물이 없는 산성에 고립되기를 바라는 왜놈을 물리치려고 쌀로 말을 씻겨 물이 풍부하다는 걸 연출했고, 겁먹은 왜병은 퇴각했다. 이를 기려 명명된 것이 세마대洗馬臺이다. 국사 과목도 필수가 아닌 시대에 살고 있는 이 땅의 젊은이들이 잊혀진 전적지에 관심을 둘까? 그래도 부모의 나들이에 끼어 나온 어린이들이 산성을 뛰놀고 있어 반갑기까지 하다. 휘몰아치는 눈보라에 두고 온 고향 같은 시 한 토막이 앞을 가린다.

늦은 저녁에 오는 눈발은 말집 호롱불 밑에 붐비다.
늦은 저녁에 오는 눈발은 조랑말 발굽 밑에 붐비다.
늦은 저녁에 오는 눈발은 여물 써는 소리에 붐비다.
늦은 저녁에 오는 눈발은 변두리 빈터만 다니며 붐비다.

박용래 '저녁 눈'

*삼성산 삼막사에 올라

그래도 첫 마음은 잊지 말자고
또박또박 백지 위에 만년필로 쓰는 밤.
어둡고 흐린 그림자들 추억처럼
지나가는 창문을 때리며
퍼붓는 주먹 눈, 눈발 속에
소주병을 든 金宗三이 걸어와
불쑥, 언 손을 내민다
어 추워, 오늘 같은 밤에 무슨
빌어먹을 짓이야, 술 한 잔 하고
뒷산 지붕도 없는 까치집에
나뭇잎이라도 몇 장 덮어 줘, 그게 시야!

전동균 '주먹 눈'

　　전동균의 '주먹 눈' 퍼붓는 아침, 삼성산에 올랐다. 유난히도
춥고 눈 잦은 올 겨울, 설풍에 묻어오는 상념이 사색의 혈관을 타고
자꾸만 이어진다. 길은 생각의 산파요 예언자 같다. 그럴까? 인생에
대한 예의를 갖춰야지. 석구상과 한우물을 지나 다다른 삼막사 명부
전에서 절로 두 손을 모았다. ▪

민 '현 구른 '땅'엔 하얀 눈… (원효·무학. 난룡선사) "소백산에서 잠잠하이라고 2011. 1. 22 한다. 해촌

•삼성산: 경기 안양시 금천구, 서울 관악구에 걸쳐있다. (031)389-2419
•삼막사: 경기 안양시 만안구 석수동 산 10-11 (031)471-5978

*시인학교와 두리마을

공고, 오늘강사진, 음악부문 모리스라벨, 미술부문 폴 세잔느, 시 부문 에즈라 파운드, 모두 결강, 김관식, 쌍놈의 새끼들이라고 소리 지름, 지참한 막걸리를 먹음, 교실 내에 쌓인 두터운 먼지가 다정스러움; 김소월 김수영 휴학계; 전봉 래 김종삼 한 귀퉁이에서서 조심스럽게 소주를 나눔, 브란덴브르크협주곡 오번을 기다리고 있음; 교사, 아름다운 레바논 골짜기에 있음

김종삼 '시인학교'

어젯밤 몽중에 김종삼의 시인학교를 다녀온 뒤 뭐라도 건질까 하여 안성으로 갔다. 세금고지서 같은 삶의 압박을 두리마을 허브꽃 밭에다 두고 오려 했으나 독 오른 잔상이 초파리처럼 따라왔다. 지켜 보던 양귀비꽃을 꺾으려다 그만두고, 서일농원에 가서 청국장찌개를 일만 이천 원에 먹었다. 비가 더럽게 오는 날, 억울하게.

두리마을에서 자전거를 빌려준다. 천천히 언덕을 넘어 280여종의 꽃밭을 구경하는 것도 좋고 아기자기한 마을을 한 바퀴 둘러보며 시골길의 다감함에 빠져보는 것도 향수적이다.

돌아오는 길에 조금 떨어진 서일농원으로 갔다. 장독이 까마득 줄지어있고 직접 만든 된장찌개를 맛보는 것, 또 하나의 즐거움이다. ▪

·두리마을: 경기 안성시 보계면 양복리 210, 경기 안성시 금광면 신앙복리 220 (031)671-3022
·서일농원: 경기 안성시 일죽면 화봉리 389-3 (031)673-3171

*신륵사

　　오늘 M에게 결정적으로 한소리 들었다. 영혼이 허공에 있으니 어디 좀 다녀오라고. 허락 받은 가출이 갈 곳이 없다. 프로이트의 무의식적 발로가 결국 산문山門이다. 화를 달래려고 차고 깊은 강심에 마음을 내렸다. 600년생 은행나무를 스케치하는데 손이 몹시 시리다. 바로 옆의 동갑내기 참나무가 관심을 주지 않는데 불만인 듯 고슴도치처럼 가지를 세우고 삐쭉인다. 오랜만에 찾은 절에 극락보전이 간데 없어 이상했으나 후담은 지난 6월 해체복원작업에 들어갔다고. 몇 년 전 크리스마스를 앞두고 이곳을 찾았을 땐 극락보전에 이런 현수막 하나가 걸려있어 훈훈했었다. '사랑과 은혜의 예수님께서 이 땅에 오신 것을 축하합니다.' ■

•신륵사: 경기 여주군 여주읍 천송리 282 (031)885-2505

심곡서원과 정암 조광조

　　마당엔 눈이 가득하고 나지막한 담장 안에선 유생들의 글 읽
는 소리가 들려오는 듯한 이 서원은 널따란 울 밖 풍경마저 운치 있
다. 정암이 식재했다는 500년생 느티나무(용인시 지정 보호수 25, 26)
가 두 그루나 있고 뒤란에 380년생 은행나무(보호수)가 한 그루가 더
있는데 각기 다른 품위를 지녔다. 특히 당간지주처럼 꼿꼿이 서있는
은행나무는 강직한 조광조의 개혁정신을 대변하듯 눈을 부라리고
있다. 완결하지 못한 개혁은 그가 받은 사약처럼 험난한 길이었을까?
불가능한 꿈이 되고 만 명현의 이상은 결국 왕을 향한 절명시를 토해
낸 채 매듭지어졌지만, 지금 서원 앞 야산에 잠든 그의 묘소엔 하루
종일 따사로운 햇살이 내렸다. ◼

•정암 조광조(1482~1519): 조선 중종 때 사림파의 대표로 급진적 사회개혁정치
　를 추진하다가 기묘사화(1519)때 죽음을 당하였다.
•심곡서원(시도 유형문화제 7호): 조광조를 기리기 위해 세운 서원과 사당. 경
　기 용인시 수지구 상현동 203-2 (031)324-3049

• 백운호수: 경기 의왕시 학의동

여백의 美學
바으하수

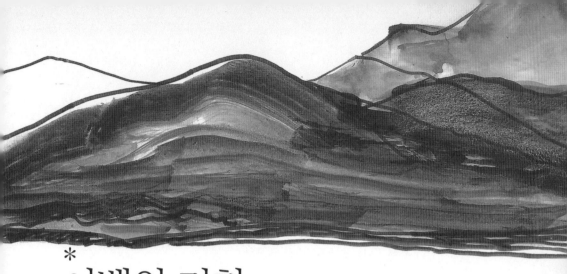

여백의 미학,
백운호수

나른한 하오, 분위기 있는 카페가 은근히 호객을 한다. 한번쯤
고개 돌리고픈 은밀한 전율이 불륜처럼 뒷모습을 보이며. 그러나 숨
막히게 간직한 비밀의 통증은 능안 길 콩밭 집에서 해방되고 있었다.
수제비를 씹다가 망연히 슬펐다. 하얀 수국이 눈부신 순결로 이 봄을
전송할 때, 젊은 날의 환영 같은 오래된 시 한 편이 여백의 호수 위에
부유했다.

전송하면서
살고 싶네,
죽은 친구는 조용히 찾아와
봄날의 물속에서
귓속말로 속살거리지
죽고 사는 것은 물소리 같다
그럴까, 봄날도 벌써 어둡고
그 친구들 허전한 웃음 끝을
몰래 배우네.

마종기 '연가' 중에서

오래된 화원,
이천 산수유마을

그리운 손길은 가랑비같이 다가오리
흐드러지게 장미가 필 땐 시드는 걸 생각지 않고
술 마실 때 취해 쓰러지는 걸 염려치 않고
사랑이 올 때 떠나는 걸 두려워하지 않으리
봄바람이 온 몸 부풀려 갈 때
세월 가는 걸 아파하지 않으리.

신현림 '사랑이 올 때'

　　신현림의 '사랑이 올 때' 기필코 산수유마을을 찾았다. 동네 간
이식당에서 잔치국수를 청했다. 뒤따른 묵은김치가 시큼하게 입맛을
돋우는데, 주객의 예의가 아닌 듯하여 막걸리 한 사발 들이켰다. 아!
나는 그만 산수유 노란 동네에서 대책 없이 취했다. 감나무가 있는
따뜻한 땅에 백년 넘긴 산수유 군락, 천연기념물 반룡송도 용트림하
며 양기를 뽐내는 봄날. ■

· 산수유마을: 경기 이천시 백사면 현방리, 도립리, 경사리, 송말리 일대 (031)633-0100
· 반룡송: 천연기념물381(도립리 201-1)

산수유 마을
2011 해주

✽ 용문사 은행나무

　5시간 넘게 용문산을 트레킹하고 만난 이 동양 최고最古의 은행나무는 과히 신수神樹라 할 만한 품격이 있다. 나이가 1,200살이고 복부 둘레가 14m가 넘는데다 치솟는 기품을 지니고 있다. 겨울 가지의 뻗침은 힘 있고 가을의 황금빛 잎은 너무나도 눈부셔 추색에 흠뻑 젖을 수밖에 없다. 그러나 무엇보다 이 사원이 아름다운 것은 세상잡사를 내려놓을 수 있는 오솔길이 사원 우측 산자락에 길게 뻗어있기 때문이다. 노란 은행잎 주워 헤르만 헤세의 책갈피나 라이너 마리아 릴케의 시집에 끼워두고픈, 그래서 아쉬운 계절을 남겨두고픈 뜻 모를 계절. 용문사 은행나무는 아직도 가을을 물들일 수액이 충분하다.

•용문사: 경기 양평군 용문면
신점리 625
•종무소: (031)773-3797
•템플스테이: (031)775-5797

* 용주사

　　가을 빛 익은 벚나무 가로수 속 효행로 따라 산들 바람 불어오
는 용주사에 갔다. 용주사는 신라 말에 창건된 고찰이지만 조선 22대
왕 정조가 그의 아버지 사도세자를 기리기 위해 중창했다는 데 더 큰
의미를 두고 있다. 화산자락에 내려앉아 솔향기에 파묻힌 사원을 무
심히 산책하다가 나무 한 그루를 보고 깜짝 놀랐다. 대웅전 아래 꿋
꿋하던 회양목이 고사한 것을 목격했기 때문이다. 2002년 열반에 들
어 천연기념물 246호의 명예까지 해제되었다는 사실을 뒤늦게 알게
되었다. 정조가 심었다니 향년 200여세, 나무를 살려내려 부목을 대
고 새끼줄로 동여맨 흔적이 안타깝지만 천수를 다한 것이다. 이 절엔
국보120호 범종도 유명하고 단원 김홍도의 그림으로 추정하는 삼세
여래체탱도 흥미롭다. 서양식 데생과 명암법이 적용된 이채로운 그
림이다. ■

니 김2000년 화양니묵 *
정조가심았다ㅇ전해오는
천연기념물 246호어다

용주사 대웅전과 화양니묵 2010
해건

• 용주사: 경기 화성시 태안읍 송산리 188

해릉이 지나간 자리 새나무고
많이 부러졌다.
2010. 9월 추석다음날 융릉에서
해건 [印]

•융 건릉: 경기 화성시 안녕동 산 1-1 (031)369-2069

*융 건릉 가는 길에

　　길샤함의 바이올린이 심중에 울려오는 12월. 하늘은 금방이라
도 눈이 쏟아질 듯 회색빛이다. 장대한 소나무들이 좌우로 도열한 채
허리 굽혀 겨울 나그네를 맞는다. 지난 추석 다음날 이 고즈넉한 숲
을 찾았을 땐 태풍 곤파스로 여러 그루의 소나무가 부러져 흉측하기
그지없었다. 내가 사도세자와 정조의 묘를 찾는 건 아름다운 송림과
그 사이로 불어오는 바람이며 깨끗한 햇빛이 좋아서다. 굴곡진 역사
의 향기와 부드러운 흙길을 걷는 감촉, 수북이 쌓인 가랑잎을 밟으며
오솔길을 산책하는 느낌은 언어로 채색하기 힘들다. 바야흐로 겨울
이 시작되었다. 사랑하는 이여! 세계문화유산 조선왕릉 길을 걸으며
우수의 계절을 탐미해 보지 않겠는가.

　　융릉은 사도세자와 그의 비 헌경왕후(혜경궁홍씨)를 합장한 곳이며
건릉은 사도세자의 아들 정조와 효의왕후를 합장한 곳이다. 정조는
경기도 양주의 배봉산 기슭에 수은묘睡恩墓로 있던 아버지 사도세자
의 묘를 지금의 지리로 이장하였으며 현륭원이라 이름 붙였다. 효심
깊은 그는 자신도 승하하며 이곳에 묻히기를 유언하였다고 한다. 이
후 고종은 융 건릉이라 격상했다. ■

* 전곡항

    찬바람이 얼굴에 얼어 붙던 날 겨울바다를 찾았다. 바다 위에 떠있는 배들도 추위에 떨었다. 내가 처음 이곳에 온 건 30년 전이었고 비포장도로였다. 허공엔 철새들이 무리지어 날아가고 잘 포장된 도로는 넓게 펼쳐졌다. 이곳에서 경기 국제보트쇼가 매년 개최된다고 하니 격세지감이다. 선착장을 거니는 겨울 나그네의 시선 위에 뜻하지 않은 파란 하늘이 흰 구름을 냉면발처럼 휘저으며 저문다. 비린내마저 얼어붙은 혹독한 겨울 해변의 횟집을 찾았다. 정남에 은거하신 선인仙人을 알현하려 횟감을 골랐다. 싱싱한 우럭이 기우는 해에 파닥인다. 그리고 나는 무슨 의무처럼 대부도 바지락칼국수를 먹으러 간다. 한 해가 저무는 항구의 저녁에. ■

전곡항에서 2011년을 보내며 해진 책식

• 전곡항: 경기 화성시 서신면 전곡리 (031)369-2771

*전망 좋은 사원, 수종사

흙길을 오르는 완만한 산길이 신선하게 폐부를 열어준다. 입구에 명상의 길이란 팻말이 매달렸지만 길손이 너무 많아 의미를 잃고 있다. 그러나 이 절은 입구에 사천왕상 같은 550살 은행나무가 두 그루나 버티고 있어 나그네 야코를 죽이고 있다. 대웅전에서 바라보는 두물머리 풍경은 시간마저 공회전할 뿐이다. 초의와 추사와 다산이 차 마시며 진리에 투신 하던 곳, 예술과 학문과 다도의 풍류가 시공의 울타리 안에서 은은히 향기를 낸다. 배부른 세속인들이 삼정헌 방바닥에 주저앉아 차 마시며 망중한에 빠져있을 때, 맞장 뜨고 싶은 근육질의 은행나무가 맘에 들어 앞뒤좌우로 훑어보며 마른오징어처럼 찢고 깨물고 씹어 본다. ■

수종사: 경기 남양주시 조안면 송촌리 1060 (031)576-8411

바다가 열리는 섬, 제부도

　　외로운 날이면 바다에 나가보라. 쓰디쓴 절대고독을 씹어 삼킬 수 있다면. 극심한 세파의 후유증을 치료할 강한 항생제는 황량한 바닷바람이다. 갯벌이 열리는 신비한 바다, 팬션과 카페와 횟집이 섬을 포위했지만 철 지나 붐비지 않고, 다양하게 호객하는 삐끼들만 분주하다. 이럴 땐 먼 바다를 바라보며 사랑에 실패한 자처럼 쓸쓸한 표정을 지어보이는 게 덜 민망하다. 매바위를 감싼 드넓은 갯벌은 바위와 자갈이 많아 굴이 빽빽이 매달렸다. 굴 따는 아낙에게 인사를 건네자 돌아앉아 갓 딴 굴을 입에 넣었다. 비릿한 맛이 입 안을 가득 채울 때, '쏘주 한잔 생각나죠?' 밝게 웃는 그녀의 삶이 기쁨으로 충만하다. ▩

오베리 기자   석하가 별부러주 겠다.   제부도 갯벌
                                                        2011. 04.

· 제부도: 경기 화성시 서신면 제부리 32
· 종합안내: 011-9349-6903 / 정보화센터(바닷길 통행시간, 바닷길 체험): (031)357-2505

제암리 3.1운동 순국
23位 之墓

• 제암리 3.1운동 순국기념관: 경기 화성시 향남읍 제암리 322-4 (031)369-1663

*
제암리,
처참했던 그날의 현장에서

　　피로 일궈낸 선구자적 삶은 항상 나의 정신精神을 전율케 한다. 서른 세 가구가 잿더미가 되고 23인이 예배당 안에 감금된 채 불 질러 학살된 제암리. 그날의 현장은 사적지로 지정되어 기념비가 세워졌고 3.1정신 교육관, 순국기념관, 순국자 묘소 등이 성지화 되어 단장되었다. 엉킨 피 같은 조춘의 담쟁이넝쿨이 새살 돋듯 돋아난 몇 가구 마을 담장에서 기록화처럼 꿈틀대고 있다. 견학 온 한 무리 초등학생들의 재잘거림이 잊혀진 세월처럼 무상해 보이지만 참상을 전시한 기념관 끝에 '용서는 하되 잊지는 말자'라는 글귀가 나로서는 용납되지 않았다. 흐린 2월의 끝자락, 민족 성지를 돌아 나오는 나의 카스테레오에서 '쉰들러 리스트'의 테마뮤직 이작 펄만의 바이올린이 애잔히 흘렀다. ■

* 조선 최초의 연못, 관곡지

연잎에 맺힌 물 향기처럼
자두 밭을 지나 온 바람 내음처럼
여름 시냇가를 건너는 뭉게구름처럼

관곡지에 와서 빠르게 변하는 시간의 행로를 바라본다. 조선의 농학자 강희맹이 중국 남경의 전당지에서 연꽃 씨를 채취해와 이곳에 처음 심었다고 한다. 지금 관곡지 일대는 백로가 날고 각종 연꽃으로 한바탕 축제를 벌이고 있다. 하얀 원피스에 양산을 쓴 로코코풍의 여인들이 천천히 유람하고, 채양 모자를 쓴 화인들은 수련 그리기에 몰두하고 있다. 연잎 속에 돋아난 청초한 백련과, 활짝 갠 푸른 하늘이 대비를 이룬다. 근처의 야산에 잠든 강희맹과 강희안 형제의 묘소는 치적에 걸맞게 사후에 더욱 권위를 드러내고 있다.
■

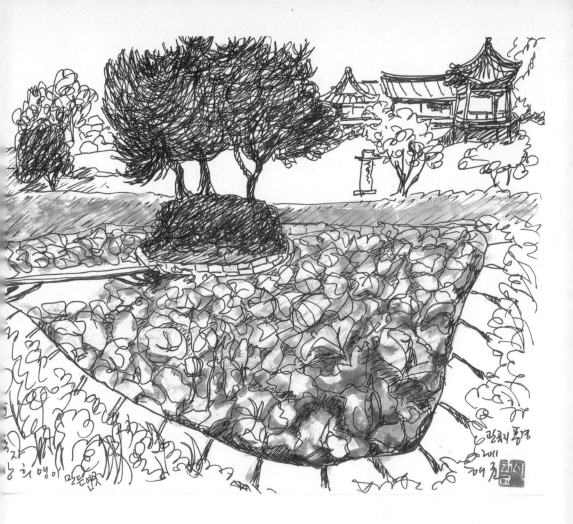

관곡지 풍경
2011
해촌

•관곡지: 경기 시흥시 하중동 208
•연꽃테마파크: 경기 시흥시 하중동 228 (031)310-6221
•강희맹의 묘: 경기 시흥시 하중동 산 2번지 (031)310-6702

*증거리 느티나무

    늙은 사천왕상 같은 이 거만한 나무를 찾느라 무척 고생했다. 농번기여서 사람들을 만나기조차 힘들었는데 그나마 보이는 건 지금 화성 일대를 점령하고 있는 외국 근로자들뿐이었고 그들이 이 마을을 알 리 없었던 것이다. 2003년 5월 18일, 나는 드디어 감자꽃 핀 한 농가의 뒤편 구릉에 숨어 있는 능구렁이 같은 노거수를 찾아냈다. 볼리비아의 정글에 숨어있던 체 게바라처럼 체념하듯 나의 눈에 발견되었다. 허리 7.3m에 향년 1,320살, 올가미에 걸린 야생동물처럼 잎을 가린 채 거친 몸을 곧추세우고 있었다.

이 마을은 인조 2년 이괄의 난 때 고성 이씨 일가족이 피신해 와 정착한 곳이라고 한다.

•증거리 느티나무: 경기 화성시 향남면 증거리 105

고달사지 부도 국보제4호

원증대사 혜진탑비 귀부및 이수

키선년도찰 고달사지에 2010해가 한해가저물어가는 →12월29일

- 고달사지: 경기 여주군 북내면 상교리 411-1 (031)887-3566
- 천서리 막국수: 경기 여주군 대신면 천서리 603-3 (031)883-9799

94 느림이있는 풍경

*천년보물의 수장고
고달사지

    동짓달 짧은 해가 뉘엿할 때 400년생 느티나무가 사천왕이라도 되는 듯 긴 가지를 내리고 통과의례를 한다. 신라 때 세워지고 고려 왕실의 비호를 받은 대찰이 어이해 잊힌 역사 속으로 사라졌을까? 다섯 개의 보물 중 원종대사 혜진 탑비 귀부 및 이수는 그리스 조각 같은 이상미를 드러낸다. 비를 지고 있는 눈깔 사나운 거북의 발톱이 금방이라도 비천한 중생을 할퀼듯 한 기세에 성급히 혜목산 자락에 올랐다. 국보4호 고달사지부도의 섬세하고 화려한 자태가 사뭇 엄숙하다. 하얀 억새의 배웅을 받으며 언덕길을 내려올 때 등 뒤로 밀려오는 어둠이 휘어진 세월처럼 저려왔다. 귀로에 겨자와 식초를 듬뿍 넣은 칼칼한 천서리 막국수를 한꺼번에 말아 넣었다. 아! 이 통쾌, 상쾌, 시원한 맛이여. 🔳

칠보산길과
환경지킴이 도토리 교실

아직 내가 서러운 것은 나의 사랑이 그대의 부재를 채우지 못했기 때
문이다
봄 하늘 아득히 황사가 내려 길도 마을도 어두워지면
먼지처럼 두터운 세월을 뚫고 나는 그대가 앉았던 자리로 간다
나의 사랑이 그대의 부재를 채우지 못하면 서러움이 나의 사랑을 채
우리라.

이성복 '숨길 수 없는 노래' 부분

        이성복의 '숨길 수 없는 노래'를 옷장에서 꺼낸 봄옷처럼 꺼내
어 이른 봄나들이 나섰다. 황사가 지나간 밭에서 나물 캐는 여인, 파
릇한 마늘밭도 싱그럽고 주말농장도 분주하다. 이곳으로 이주해 생
태습지를 지키고 주민들을 교육시켜온 도토리 교실의 임종길 선생,
그의 노력으로 칠보산 습지는 건강하게 살아있다. 귀로에 채식 뷔페
집 뜰안채에 들렀다. 봄 향기 물씬한 나물들이 내 안을 푸르게 물들
인다. ■

칠보산자락
그에.봄
해원

· 도토리교실: 수원시 권선구 호매실동 http://cafe.daum.net/dotoliroom/Bcnq/15
· 뜰안채 채식뷔페: 경기 수원시 권선구 호매실동 821-1 (031)291-5879 〈고기, 생선, 계란은 물론
동물성분이 전혀 포함되지 않은 재료만을 사용하여 정성껏 만든다〉 라고 씌어있다. 영업시간-
점심 12:00-15:00 저녁 6:00-9:00

*칠장사의 가을

　　묵언마을을 지나자 철재 당간지주가 속세의 나그네를 무심히 맞는다. 조용한 산사 길에 임꺽정 길이라는 팻말도 재미있고, 까치밥만 남긴 감나무도 정겨움을 더한다. 감나무는 땅 기운이 따뜻한 곳에 자란다는데 이곳이 양지인가보다. 단풍이 곱게 물든 경내엔 임꺽정을 닮은 검은 개 한 마리가 국보296호 오불회 괘불 탱화와 다수의 보물을 품고 있는 천년 고찰을 지키겠다는 듯 눈을 부라리고 있다. 특히 고려 왕사王師 나옹선사가 심었다는 수령 620년 소나무는 독야청청한 절개가 느껴지는데, 바로 앞의 나한전은 문을 열어젖힌 채 알루미늄 새시로 된 방 하나를 달아놓아 흉측하기 그지없다. 그곳에서 수험생을 둔 어머니들은 하염없이 경배하며 아들의 수능시험이 잘되길 무조건적으로 빌었다. ■

・칠장사: 경기 안성시 죽산면 칠장리 764 (03)673-0776

칠장사에 단풍이 곱게 물들였다.

지저분한

칠장사의 가을
2010. 11. 19
이 해경

• 남이섬: 경기 가평군 가평읍 달전리 144 (031)580-8144

*한류의 메카 남이섬

청평 호반을 지나자 물안개 너머로 여러 겹의 산이 수묵선처럼 부드럽게 다가온다. 젊은 날의 추억이 깃든 옛 풍경은 아직 변치 않았는데 남이섬 가는 배는 온통 동남아인 일색이다. 개인이 만든 섬답게 리플릿에도 '나미나라 공화국'이다. 잣, 은행, 편백나무 터널을 지나면 추억의 도시락을 파는 곳이 있다. 계란 프라이를 품은 양은 도시락이 커다란 난로 위에서 모락모락 김을 내고, 김치전 맛도 기억의 회로를 타고 빠르게 돌아왔다. 도시락을 흔들어 먹는 옆자리의 태국 아가씨들이 정겹게 웃는다. 커다란 메타세콰이어 아래 배용준 동상을 안은 중국 아가씨들의 포즈가 무척 행복해 보이는 하루, 이 아름다운 섬이 한류의 메카로 영원하길. ▨

속리산 법주사에서
2012. 2월 진효

•법주사: 충북 보은군 속리산면 사내리 (043)540-3392

*
겨울산사를 찾아서-
속리산 법주사

        삼한사온처럼 한 며칠 잘 지내고 한 며칠 분란하며 스스로 피폐했다. 삶이 다 그런 걸까? 가끔 세상을 일탈할 피난처를 찾고 싶을 때가 있다. 시외버스를 타고 세상이 어지러울 때마다 찾는 망명지 고향으로 향했다. 가는 길에 겨울 산사에 들렀다. 속리산 법주사. 정이품 노송이 세월의 무게를 견디지 못하고 한쪽 어깨를 잃은 채 소침해 있다. 독특한 팔상전, 국보5호 쌍사자 석등에서 오래된 것의 경외감을 느낀다. 대웅전 삼존불 앞에 무릎 꿇고 참회할 때 등을 쓰다듬는 부처의 손길이 따뜻이 전해온다. 고적한 산사는 찬바람에 일렁이는 풍경소리만 '뗑그렁-' 긴 여운을 흔든다. 나무관세음 보살~

요즈음 빗나간 영혼이 상처를 입고 있다. 엎질러진 것을 정당화하려고 자꾸만 마음을 끓였다. 연이은 악재에 마음 산책이 필요하여 일탈한 곳, 고향과 산사는 나를 받아주는 유일한 피난처인가보다. 후세인도 카다피도 최후의 망명지는 그들이 태어난 고향이었던 것처럼.
긴 입구는 산사의 고즈넉함을 느낄 수 있어 좋다. 찬바람이 귓불을 회초리처럼 때리지만 양지쪽엔 눈이 녹아 질펀하다. 졸졸 흐르는 개울물 소리는 봄이 오고 있음을 전해주고 있다.
내려오는 길가엔 살 추위에도 불구하고 산나물과 버섯, 약재를 파는 할머니들이 쪼그려 앉아 있다. 몸은 늙었어도 그들의 질경이 같은 삶은 강하고 아름답다.
시장기가 몰려온다. 어서 가서 산채비빔밥에 곡차 한잔 걸쳐야지. ■

*
공산성과
무령왕릉

피 묻은 역사의 소용돌이에도 소리 없이 흐르는 금강, 그 건너에 공산성이 있다. 금서루에 들어서자 문화해설사가 안내를 자청했다. 혼자라도 따라나설 기세가 부담스러워 선 채로 대강의 설명을 듣는데 매우 구체적이다. 알고 가는 길이 한결 가볍다. 쌍수정 아래 궁터가 있고 무엇보다 원형극장을 닮은 연못터가 인상적이다. 복원된 임류각의 문양을 바라보는 것만으로도 백제의 화려한 역사가 전해온다. 광복루를 지나자 칡넝쿨 드리운 토성이 본래의 모습을 드러냈다. 강변으로 접어들어 성벽길 따라 내려오는데 영은사 앞에 멋들어진 만하루와 연지가 내려다보였다. 연지는 바로 옆에 강이 있어 조금 어색해 보이지만 우물처럼 깊이 파인 곳에 계단까지 있는 독특한 구조다. 멕시코의 치첸잇싸에서 본 비의 신, 착이 살았다고 믿은 마야인들의 성스러운 우물이 연상된다. 연지라고 믿기지 않는 깊은 물웅덩이가 도저히 상상력으로 그려지지 않는다. 다시 언덕을 오르면, 잠종 냉장고가 마치 소크라데스의 감옥처럼 쇠창살을 매달고 있었다. 누에 부화를 뽕잎 나는 오월까지 늦추기 위해 만들어진 인공토굴 냉장고다. 다시 가을빛 따가운 길 걸어 무령왕릉 참배 길에 오른다.

아치형 금강교는 공산성의 경관을 해치기도 하지만 우리나라에서 몇 안 되는 멋진 철교다. 성루에서 수문병 교대식이 거행되는 동안 밤 요리 전문점 농가식당에서 밤 된장찌개를 먹었다. 찌개 속에 쫄깃한 밤 묵 말랭이가 들어있는 독특한 맛이다. 주인은 나그네에게 약간의 밤 묵까지 맛보여주었다. 식후에 개선문처럼 우뚝 서있는 무령왕릉 문을 지나 송산리 고분군으로 걸어갔다. 가을빛이 목덜미를 따갑게 쪼아댔지만 그다지 멀지 않은 길이어서 견딜만했다. 송산리 고분군은 부드러운 연둣빛 잔디를 홑이불처럼 덮고 있었다. 국립공주박물관에서 일제 강점기에 허물어져 내린 묘역을 빛바랜 사진으로 바라보았다. 도굴꾼과 일제에 의해 소중한 유물이 파헤쳐져 도적질당하고 쭉정이만 남아있었다. 무령왕릉도 배수로 공사를 하다가 우연히 발견되었다니 어찌됐건 다행이 아닐 수 없다. 왕릉의 부장품은 대부분 국보급이고 왕비와 합장된 묘지석이 있으며 무엇보다 매지권이 있다는 게 흥미로웠다. 무덤 터를 사기 위해 무덤을 만들 당시 실제로 돈을 토지 신에게 지급하고 땅을 산 증명서가 있는 것이다. 고분들은 모두 폐쇄되어 입장 할 수 없지만 무령왕릉은 모형전시관에 그대로 재현해 놓아 그 느낌을 전해 받을 수 있었다. ▩

무령왕릉(송산리고분군): 충남 공주시 웅진동55
관광안내소: (041)856-3151
국립공주박물관: 충남 공주시 관광단지길 34(웅진동360) (041)856-6300
농가식당: 충남 공주시 금성동 192-3 (041)854-8338

• 개심사: 충남 서산시 운산면 신창리 (041)688-2256
• 풍전 뚝 어죽집: 충남 서산 인지면 풍전리 327번지 (041)662-1436

*굴절의 미학, 개심사

　개심사 가는 길은 다듬어지지 않은 자연미와 개울물 소리에
호젓하고 정겹다. 누구든 길을 내어가면 된다는 듯 정식으로 만들어
놓은 길이 없다. 때문에 나무뿌리들이 다소 수난을 겪을 것 같지만
그놈의 시멘트가 땅을 틀어막지 않아서 좋다. 초파일을 앞둔 전국의
사찰이 연등으로 뒤덮였지만 이곳은 무슨 설치미술처럼 범종각 옆
에만 단아하게 몇 개 걸려 있다. 산문 전체가 돌담길을 연상시키는
소박함이 묻어난다. 왕벚꽃은 화사하고 목조여래좌상도 묵은 향기
를 풍긴다. 그러나 이 절의 압권은 무엇보다도 굴절의 미학 심검당
기둥이다. 제멋대로 꿈틀대는 기둥들은 휘젓는 운필처럼 자유가 넘
친다. 이 분방한 방종을 지켜보는 홍도화 한 그루가, 관능미 넘치는
여인의 입술처럼 붉은 꽃잎을 열고 상기되어 있다. 연못 밖에 맨살을
드러낸 백일홍이 수많은 가지를 일으켜 기지개 할 때, 봄 미각을 돋
울 풍전 뚝집으로 향한다. 서산에 올 때마다, 아니 입맛 찾아 일부러
시간을 내어 오는 곳이기도 하다. 얼큰한 어죽이 뜨거운 땀을 장맛비
에 봇물 터지듯 쏟아낸다.
풍전 뚝 어죽집의 열무김치와 파김치는 어죽 맛을 더해주는 별미이
다. ■

새해 일출을 보러 떠난 것이 엊그제 같은데 벌써 한 달이 지나고 설날이다. 아버지 계신 대전 국립현충원에 성묘 하고 잠시 들린 곳이 계룡산 갑사다. 느티나무와 갈참나무, 고로쇠나무와 소나무가 조화롭게 섞여있는 아름다운 산사 길은 혼탁한 정신을 맑게 정화해준다. 풀린 날씨에 쌓인 눈 까지 녹아 봄비 온 듯 촉촉하다. 그리고 보니 내일이 벌써 입춘이다. 대웅전 부처님 앞에 잠시 합장할 때, 등 뒤에서 투두둑 고드름 떨어지는 소리가 들려와 깜짝 놀랐다. 항시 마음이 바깥을 떠돌고, 방랑자 같은 삶에 대한 죽비 같아 내심 뜨끔했다. 전해당 추녀에 주렁주렁 매달린 메주는 현세를 거느린 고즈넉한 산사의 정겨움이다. 사천왕문 밖에 도열한 나무들도 힘 있고 가지마다 푸른 수액이 올라오고 있음이 느껴진다. 억울하게 한 살 더 먹었지만 새봄 맞을 준비를 해야겠다. '立春大吉 建陽多慶'

새해엔
건강
사랑

내 마음의 산책,
갑사 가는 길 *

열심히 살자

7날산 ... 계룡산 2011. 2 선생오늘 해

• 계룡산 갑사: 충남 공주시 계룡면 중장리 52 (041)857-8981

•노근리: 충북 영동군 황간면 노근리 산 62-1
•노근리 평화공원: (043)744-1941

*노근리 학살현장

그날 영문도 모르게 철길 위로 이끌려가 기총사격을 받았고 수많은 민간인이 학살당했다. 굴다리 밑으로 피신한 난민들에게 양쪽에서 사격을 가하여 냇물이 핏물로 변했고 시체로 방호벽을 쌓았다. 울부짖는 아이로 인해 집중 총탄이 날아들자 표적이 되는 걸 염려한 아비는 자식을 물 속에 집어넣기도 했다는 끔찍한 참화, 학살현장에 들어서자 한기가 엄습했다. 총탄 자국에 하얀 표시가 되어있어 섬뜩한 공포감마저 들었다. 이 쌍굴다리에서 3박 4일간 300여명이 학살된 것이다. 우리를 돕겠다고 온 미군이 피난민을 돕기는 커녕 학살을 자행하다니. 당시에 참전했던 미군의 증언에 의하면 '노근리에서 발견되는 민간인은 적으로 간주하라!' 라는 명령이 내려졌다고 한다.

노근리 평화공원엔 그날의 참상을 형상화한 각종 조각품들이 전시되었고 평화교육센터에는 교육 프로그램을 개발 실시하고 있었다. 또한 위령탑도 세워졌고 산자락엔 추모객을 위한 희생자 분향소가 있어 더욱 엄숙한 분위기를 자아냈다. ■

한반도의 중심 양구기행

박수근 미술관은 한적한 양구에 활기를 불어넣고 있다. 하지만 한국미술품 경매사상 최고가를 기록하고 있는 작고 작가의 미술관 치곤 내용면에서 빈약하다. 초기 작품 외의 그림이 그다지 많지 않은 것과 고가임을 감안하더라도 진품은 몇 점 되지 않고 그나마 판화, 삽화, 드로잉이 대부분이다. 뒷산에 부인과 함께 잠들어 있는 그의 묘비명만이 영혼을 위로해주고 있다. 한평생 가난하게 살다가 말년에 실명까지 한 그는 '천당이 가까운 줄 알았는데 멀다 멀어…' 라는 마지막 말만 남기고 가셨다고 한다. 이등병의 거수경례를 받으며 민통선 안에 들어서자 잊었던 군 시절이 떠오른다. 지뢰 표시가 있는 철조망 안에서 노루가 달아나는 것도 신비롭고, 뚜렷한 한반도 형상을 드러내는 두타연 폭포는 60년 동안 사람의 발길이 닿지 않은 살아있는 생태공원이다.

잘하였도다. 착하고 충성된 종아 네가 작은 일에 충성하였으매 내가 많은 것으로 네게 맡기리니 네 주인의 즐거움에 참여할 지어다.
-마테복음 25:21

〈고향으로 이장 한 박수근의 묘비명〉

두타연길을 안내하는 가이드는 놀랍게도 일본 여인이었다. 그녀의 고향은 규슈이며 전직 간호사였다고 한다. 일본에서 통일교 신자로 한국 교인과 결혼하여 이곳으로 오게 되었는데 지금 남편은 이 세상에 없단다. 가녀리고 외로워 보이지만 항상 웃음을 지어 보인다. 홀로 셋이나 되는 자식을 교육시키며 이곳에서 나머지 생을 마감하겠다는 그녀의 허전한 웃음 끝이 안쓰럽다. 전에는 오이 농사를 지었는데 지금은 소규모로 하고 있고 양구 다문화가족지원센터에서 국악과 난타도 배우고 가이드도 하며 하루하루를 보낸다고. 공기 좋은 이곳이 좋아 떠날 수 없다는데 그녀는 두타연의 겨울과 가을 풍경을 담은 사진들을 보여준다. 한국에서 간호사가 되고 싶은데 또 다시 자격증을 따야 하고 그러기엔 언어가 완벽하지 않아 못 하고 있는 것을 못내 아쉬워했다. 그녀는 난타를 치며 기분을 낸단다. 하늘 가신 남편을 그리는 몸부림이 아니기를. 한반도 형상을 하고 있다는 폭포를 스케치하고 열목어가 서식하는 특급수에 손을 담갔다. 투명한 물에 얼굴이 비친다. 늙은 나르시소스. 갑자기 우울하다. 매미가 뜻 모르게 울어대는 DMZ계곡에서. ▨

- 박수근미술관: 강원도 양구읍 정림리 131-1
  (033)480-2655
- 두타연 평화누리길: 강원도 양구군 방산면 송현리
  (033)481-2191 〈이곳에 가려면 하루 전에 양구군청
  에 허가를 받아야 한다. 입장료는 2,000원이다.〉
- 산채로 쌈밥 집: (033)481-9288 (양구시내 주민자치
  센터 앞 골목)
- 양구군청 문화관광과: (033)480-2251

*메밀꽃 필 무렵, 봉평

　'들에는 곡식 냄새에 섞여 들깨 향기가 넘쳤다. 들깨 향기는 그 윽한 먼 생각을 가져 온다' 나는 지금 들깨 향기에 젖은 분녀처럼 메밀꽃 향에 젖었다.

서른여섯 청춘에 삶을 다한 이효석, 그가 메밀꽃으로 쓴 문학의 향기는 긴 세월 흐른 지금까지 그리움의 잔해로 남아있다. 봉평은 온통 메밀꽃으로 물들었다. 엽서를 쓰면 무료로 보내주는 행사가 눈길을 끈다. 예쁜 메밀꽃 엽서를 들고 주점에 앉았지만 마땅한 수취인이 없어 망설이다가, 메밀 전병에 메밀 막걸리 한 사발 넘긴 후 몇 자 적어 빨간 우체통에 보낸다. 퇴화된 전설, 친구 같고 연인 같은 가을의 대명사 '그대'에게로.

• 효석문화제: 강원도 평창군 봉평면 원길리 764-1 (033)335-2323

2011. 9 봉평에서 해

*미시령

어느새 계절은 가을을 넘기고 있다. 파란 하늘과 먹구름은 삶과 죽음처럼 접해있고 나뭇잎 반쯤 털어낸 산은 백담사 부처처럼 과묵하다. 하얀 억새가 11월의 휑한 공간을 서걱대며 스산하게 나부끼고 있다. 내 안의 독소를 뺀다. 겨울잠에 들어가는 독사처럼. 나는 무언가 그립고, 무언가 허전한 텅 빈 가슴 속에서 정신 과잉의 시 한 편을 끄집어냈다. 세 평짜리 고시원에서 기초생활 수급자로 살며 삶의 끈을 병원에 의탁한 시인의 비명처럼, 그로테스크한.

> 개 같은 가을이 쳐들어온다.
> 매독 같은 가을
> 그리고 죽음은, 황혼 그 마비된
> 한쪽 다리에 찾아온다.

최승자 '개 같은 가을이' 중에서

•미시령: 강원도 인제군 북면 용대리

미시령에서
2011. 10 향수정

*민둥산 억새

　　가을비 오는 날 진흙길 걸어 민둥산에 올랐다. 오르는 길은 화
전민들의 자취와 잡초에 묻힌 폐가가 여기저기 눈에 띄었다. 척박한
삶은 옛일, 누군들 땅 파먹고 이 깊은 산중에 살려고 할까? 빗길이라
산 오르기가 몇 배로 힘들었다. 정선에서 곤드레 막걸리 한잔 걸친
여새가 아니었다면 엉망진창 미끄러운 길이 짜증스러웠을 것이다.
개 같은 날씨라고 못마땅했지만 정상은 사방 천지가 운무에 휩싸인
경이로운 광경이다. 무르익은 억새와 끝없이 펼쳐진 산들 사이로 구
름은 신들의 승천처럼 하얗게 피어올랐다. 깊어가는 가을, 나는 문득
황동규의 시 철새의 한 대목을 떠올렸다.

모든 나무의 선 그 흔들림이
아직 그대로 남아있는
이 시월
무사무사의 이 침묵
아침, 거품 물고 도망하는 옆집개소리
하늘을 들여다보면
무슨 부호처럼
떠나는 새들
자 떠나자
무서운 복수로 떼 지어 말없이
이 지상의 모든 습지
모든 기억이 캄캄한 곳으로

황동규 철새

민둥산 강원도 정선군 남면 무릉리

2012. 1. 28
멸종 야산
태백산
매천 [印]

· 태백산: 강원도 태백시 문곡 소도동 산 80 (033)550-2741
· 태백석탄박물관: 강원도 태백시 소도동 166 (033)552-7730

*민족의 영산 태백산

설도 대보름도 지나고 호젓한 날, 도화지처럼 흰 눈 덮인 태백산을 찾았다. 빈 도화지에 무얼 그릴까? 올해도 해야 할 일들이 너무나 많다. 나이가 늘면서 모든 것이 조급해진다. 부지런히 남은 일들을 정리하고 흠 없이 마무리해야 할 텐데. 시간은 수증기처럼 절로 증발한다. 이렇게 많은 타인들은 어떤 심정으로 산을 찾았을까? 사람들로 등산로가 메워졌으나 시간은 조금씩 길을 열어 천제단에 설 수 있었다. 백두대간 고봉들이 경쟁하듯 어깨를 곧추세우고 있다. 함백산, 두타산, 매봉산, 나는 더 멋진 설경을 보려 문수봉을 거친 후 천천히 하산했다. 눈 축제장과 그로테스크한 석탄박물관을 보고 구수한 시래기국에 무쇠 솥 보리밥을 먹었다. ■

*백두대간 종점구간 마산봉

흰 눈이 허벅지까지 차올랐다. 갓 서물 피어오른 젖가슴처럼 마산봉은 순백의 춘설을 뒤집어쓰고 봉긋 솟았다. 경주마의 등짝 같은 산들이 첩첩이 도열한 백두대간은 마산봉, 진부령을 종점으로 남기고 북으로 뻗쳐있다. 이렇게 많은 눈을 본지도 오래다. 싸락눈이 목덜미를 파고든다. 러셀이 되어줄 산짐승의 발자국도 없는 하산길 설원이 알프스리조트로 이어졌다. 적설량과 설질이 좋아 한때 스키어가 붐비던 이곳은 폐장이 된 채 인적마저 끊겨 적막하다. 멀리 향로봉을 두고 진부령으로 발길을 옮긴다. 황태구이에 술 한 잔하고 허기를 채웠으면 좋겠다. 제설차가 눈을 밀고 빠르게 달린다. 한 며칠 폭설에 파묻혀 살며 글 고르는 시인이 된다면 얼마나 행복할까. 눈은 더욱 사납게 휘날린다.

정상에 환경 복원 팻말이 세워졌다. 군 시설이 있던 자리를 걷어내어 원래의 자연이 복원된 장면을 복원전과 복원후로 나뉘어 게시해 놓은 것이 이채롭다. 인간의 손길이 닿지만 않는다면 자연은 스스로 왕성하게 자생함을 증거하고 있는 것이다. ■

• 마산봉: 강원도 고성군 간성읍 흘리 (033)680-3361

백두대간 속리산
2012 하 천

*백제의 미소,
서산 용현리 마애여래 삼존상

　　　통곡보다 처절한 울음은 흐느낌, 박장대소보다 의미 있는 웃음은 그윽한 미소다. 그대와 나를 이어주는 잔잔한 교감의 통로. 깎아지른 절벽위에 미학과 철학과 조형학이 두루 겸비된 이 마애불은 부처의 형상에 백제인의 얼굴을 바꾸어놓은 능수능란한 걸작이라고 느껴진다. 좀 더 예의를 갖춰보면 단순한 묘사이거나 재현이 아닌 백제인의 혼을 살려내는 환생적 발현이라는 찬탄을 할 수밖에 없다.

방금 들에 나물 캐러 나온 여인이거나, 우물가에 물 길러 나온 백제 처녀 같고, 시주 나온 노승 같이 부드러운 인상이다. 아름다움은 내면에서 풍겨오는 자애로운 미소와, 따뜻한 숨결에서 더욱 깊이 우러나오는 것.

둥글둥글 원만한 미소는 소박한 평민의 모습이어서 더욱 친근미가 느껴진다.

귀로에 들른 해미읍성의 전통문화공연장까지 백제의 미소는 긴 여운을 이어갔다. 　▪

> 해미읍성 전통문화공연: 매주 일요일 14시~15시 줄타기/풍물/땅재주 모듬 북/널 장구/전통무예 등 박수가 절로 나오는 볼만한 공연이 펼쳐진다.

• 마애여래삼존상(국보제 84호): 충남 서산시 운산면 용현리 산 2-10 (041)660-2538
• 해미읍성: 충남 서산시 해미면 읍내리 32-2외78필지 (041)660-2540

*보원사지,
안온한 사유가 묻어나는 곳

　　확실한 출처도 내력도 알 수 없는 곳. 당간지주와, 탑과, 부도, 그리고 부도비와 석조만이 유골처럼 덩그러니 남아있다. 텅 빈 내밀의 공간에 여치 소리와 매아미 소리와 이름 모를 풀벌레가 고성방가를 일삼으며 일장춘몽 같은 폐사지의 주인이 되었다. 뭉개진 바코드처럼 아무런 인식도 무의미한, 잠시 다녀가는 인생. 과거와 현재를 넘나드는 바람만이 묵비권을 행사하며 오랜 세월의 목격자로 남아있다. 가야산에서 흘러내리는 강당천의 맑은 물에 다슬기와 물고기를 잡으며 뛰노는 아이들도 행복한 현세의 주인이다. 부귀영화와 혹독함도 인생무상이라는, 다만 편안하고 여유로운 사유가 생성되는 이곳에 진정한 자유를 방목한다.

보원사지는 백제와 통일신라시대를 거쳐 고려의 국사였던 법인국사가 기거하며 융성했다가 조선시대까지 존치해온 것으로 추정하고 있다. 현재 석조, 당간지주, 5층 석탑, 법인국사보승탑, 법인국사보승탑비 등의 보물이 남아있다.

매년 봄철에 이곳에 오곤 했다. 폐사 터 밭두렁에서 수북한 달래를 캐기도 했고 풀밭에 드러누우면 더없이 평온하여 양광에 몸을 누인 채 춘몽을 꾸기도 했다. 수년이 흐른 후 다시 이곳에 오니 발굴작업에 파헤쳐져 을씨년스럽다. 명경처럼 깨끗한 냇가엔 야영객들로 붐벼 고기 굽는 연기를 피어 올렸다. 독 오른 땡볕이 작열하지만 시원한 바람은 오고 간다. 이동경로가 불분명한 바람에게 이런 시 한 편 전한다.

우리가 모두 떠난 뒤
내 영혼이 당신 옆을 스치면
설마라도 봄 나뭇가지 흔드는
바람이라고 생각지는 마

내 오늘 그대 알았던
땅 그림자 한 모서리에
꽃나무 하나 심어 놓으려니
그 나무 자라서 꽃 피우면
우리가 알아서 얻은 모든 괴로움이
꽃잎 되어 날아가 버릴거야

꽃잎 되어서 날아가 버린다.
참을 수 없게 아득하고 헛된 일이지만
어쩌면 세상의 모든 일을

지척의 자로만 재고 살건가
가끔 바람 부는 쪽으로 귀 기울이면
착한 당신, 피곤해 져도 잊지 마,
아득하게 멀리서 오는 바람의 말을

마종기 '바람의 말'

• 보원사지: 충남 서산시 운산면 용현리
• 서산시 문화관광과: (041)660-2461

132 詩가 있는 풍경

*
부소산과 백마강

　　이 강산 낙화유수 흐르는 봄에~ 백제의 마지막 수도 부여에 갔다. 부소산성에서 낙화암 가는 길은 오월의 햇살과 싱그러운 꽃바람이 동행한다. 천년의 역사도 가까운 소식처럼 길 위에서 전해 듣고, 삼천 궁녀가 투신했다는 낙화암에 와서 더욱 믿기지 않는 시간의 전설을 고스란히 취득한다. 오랜만에 들어보는 꿩 소리도 윤기 있고 새 잎 돋아나 왕성한 숲은 청춘의 한 시절 같이 울창한데, 백마강 아래 돛단배는 세월의 속도를 위장한 채 유유히 떠간다. 뒷자락에 돌아앉은 아늑한 고란사. 붉은 영산홍은 거나하게 제 몸을 태우며 못다한 백제의 한을 삭였다. 고란약수 한 잔 물고 봄 하늘 한 번 쳐다본다.

부소산성 길은 경사가 완만하여 왕복 2시간이면 충분한 산책로다. 하산 후 길 건너에 있는 백제의 집에서 연잎밥 한 그릇 맛본다. 이 집의 연잎 메뉴는 너무나 많아 열거하기가 힘들다. 느려터진 충청도 사투리가 띄엄띄엄 유통되는 백제의 땅. 밥상머리에 앉아 소곡주 한잔 기울일 때, 황산벌에 태어난 대한민국 김관식 군과 부여인 박용래 군이 각기 술 주전자와 눈물바가지를 들고 내 앞에 다가온다. 나라가 위급

할 때 도와야 한다며 과수원 팔아 국회의원 선거에 나가 장면 군과 맞장 떴지만 282표를 얻어 대패한 김관식. 눈물의 시인 박용래는 '먼 바다'라는 눈물로 지은 시를 남기고 못다 울고 떠났다. 그의 후예 홍희표가 묘비명처럼 남긴 '먼 바다'를 아니 떠올릴 수 없다.

> 황산벌 거친 들판
> 김관식 시인이
> 돌고래처럼 씨익 웃고
> 오, 화살나무의 백년 고독이라니
> 저녁눈 내리는 거리에서
> 박용래 시인이
> 막걸리 잔을 기울이고
> 저, 감꽃 마을의 백년고독!
> 무덤 옆 개망초 꽃
> 홍희표 시인이
> 원고지 칸에 갇혀 신음하고
> 거미줄의 백년고독을!

홍희표 '먼 바다'

나는 '눈썹기슭에 번지는 불꽃 피눈물' 이라 쓴 김관식군을 생각하다
가, 저승길에 남긴 용맹한 시 '나의 임종은' 이란 시를 추가로 떠올렸
다.

> 나의 임종은 자정에 오라
> 가장 소중한 손님을 맞이하듯
> 너를 위해 즐겨 마중하고 있으마
> 비인 방에 호올로 누워 천고의 비밀을 그윽히 맛보느니…
> 그동안 신세 끼친 여숙을 떠나
> 미원한 본택으로 돌아가는 길이다.
> 저녁밥상 물리고 난 여름밤
> 멸구 갈따귀를 앞세우고 날아와
> 스스로 불에 들어
> 오뇌의 나래 파닥거려 시루는 불나비처럼.

김관식 '나의 임종은'

• 부소산성: 충남 부여군 부여읍 부소로31 (041)830-2527
• 백제의 집: 충남 부여군 부여읍 관북리 119-3 (041)834-1212

*신두리 사구

        강한 바람과 파도가 해안가를 휩쓸면서 오랜 세월을 거쳐 모래언덕이 생겼다. 수년 전 이 사구를 보고 나는 깜짝 놀랐다. 타클라마칸 사막이나 고비사막을 여행한 나로서는 신비로운 광경이 아닐 수 없었다. 지금은 그때의 커다란 모래 구렁은 볼 수가 없고 온통 다양한 식물로 뒤덮인 초원이 되었다. 이렇게 멋진 곳이 있다니, 너무나 아름다워 난개발이 되고 사구가 파괴될 것을 우려한 것이 불행히도 현실이 되었다. 해안의 벼랑도 사라지고 거대한 모래언덕은 마치 풀씨를 뿌려놓은 듯 잡초로 뒤덮였다. 하지만 지천에 해당화가 피어 있고 풀밭엔 방아깨비들이 세상 모르고 뛰어다녔다. 바닷가 모래사장은 열사병 환자처럼 신열에 헐떡였지만 해수욕장은 이미 열기를 잃었다.

전국 최대의 해당화군락을 보다가 요절화가 이인성의 그림(해당화)이 생각났다. 인상주의 화가 고갱의 회화세계를 끌어와 한국적 인상주의로 토착화한 천재화가의 그림은 가장 교과서적인 향수로 남아 있다. 너무나 아름다워 사구의 비탈진 곳에 피어난 해당화 한 송이를 꺾으려다가 수없이 돋아난 가시에 포기하고 말았다. 장미를 꺾으려다 가시에 찔려 죽었다는 라이너 마리아 릴케처럼 목숨 바꿔 이 꽃을 바칠 누구라도 있었으면 좋겠다.

끝날 것 같지 않던 무더위도 물러가고 흐린 해변은 마지막 여름을 붙잡은 피서객들이 옷을 입은 채 물놀이를 하고 있다. 해안 위엔 각종 편의시설과 콘도가 들어섰지만 한적할 뿐이다.

두웅습지 아름다운 연못을 돌아 나올 때, 산자락의 야생화들이 선명한 색을 드러내며 반긴다. 바람이 나의 얼굴을 시간의 무늬처럼 구기고 간다. 나는 문득 황금의 청춘을 전송하는 추억의 시 한 편을 생각해냈다.

시간이 매일 그의 얼굴을
조금씩 구겨놓고 지나간다
이렇게 매일 구겨지다보면
언젠가는 죽음의 밑을 잘 닦을 수 있게 되겠지

크리넥스티슈처럼, 기막히게 부드러워져서
시간이 매일 그의 눈가에
주름살을 부비트랩처럼 깔아놓고 지나간다
거기 걸려 넘어지면

끔찍하여라, 노을 지는 어떤 초저녁에는
지평선에 머무른 황금전봇대의 생을
멀리 질투하기도 하였는데

심보선 '한때 황금전봇대의 생을 질투하였다'

• 신두리 사구: 충남 태안군 원북면 신두리 산 263-1외 (041)670-2544

초여름 갈대밭에서 자연의 소리를 듣는다. 갈대 숲 속 보이지 않는 새소리. 숨어있는 건 모든 게 그립다. 감춰진 날들, 아직 만나지 못한 누군가가 궁금한 것처럼. 금강이 횡으로 누워있고 짙은 초록의 갈대밭은 젊고 왕성하다. 서천이 아름다운 건 이뿐만이 아니다. 한산 소곡주와 유네스코 인류무형유산 한산모시 짜기가 있다. 세모시 옥색치마에 그네 타던 단오가 가까워올 무렵, 마침 모시 문화제가 붐볐

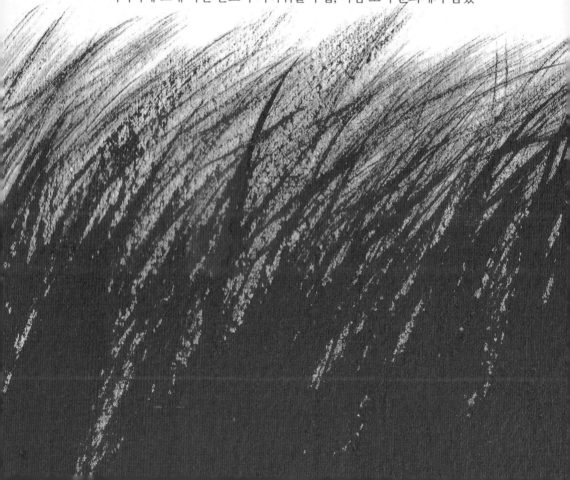

*신성리 갈대밭과 서천 일기

다. 모시 차, 모시 막걸리, 모시 떡. 나는 곱디고운 모시에 취해 소곡
주에 취해 행복한 발걸음을 춘장대 해변으로 옮겼다. 송림 속에서 야
영하는 캠핑족, 해수욕장에서 파도를 밟는 군상들이 벌써 여름을 부
른다. 바람에게 전한다. 요즘 잘 지내시나요?

신성리 갈대밭: 충남 서천군 한산면 신성리 (041)950-4224
한산모시문화제: 한산 모시문화제 추진위원회-충남 서천군 한산면 지현리 60-1
춘장대 해수욕장: 충남 서천군 서면 도둔리 (041)951-9110

님의침묵
님은갔습니
다아아
사랑하는
나의님은
갔습니다

학혜꽃한
아 근고벌
나던옛날
세는차댓잎
티끌이되어
바람에
마흘기날
아갓습니
다

아 떠치고 갔습니다

님의 침묵라 백담사
이천 실인년 시원 호화극
해 권

· 백담사: 강원도 인제군 용대리 백담로 746 템플스테이 (033)462-5565, 5035
· 종무소: (033)462-6969

* 내설악 백담사

가을빛 따라 내설악 백담사에 갔습니다. 용대리에서 백담사 가는 셔틀버스가 있었지만 걸어서 갔습니다. 한 시간 남짓 오르는 산길은 호젓하고 아름다웠으나 오 분 여 간격으로 내뿜는 매연에 헐떡였습니다. 그래도 백담사로 통하는 다리 아래 하얀 자갈과 맑은 물은 마음속 침전물을 깨끗이 씻어주었습니다. 백담사엔 스님들이 혼신을 다해 법고를 치며 마음을 닦고 또 닦았습니다. 나는 조용한 음악이 님의 침묵을 쓰다듬는 만해 기념관에서, 그의 웅혼한 시심 속을 헤어날 수 없었습니다. 깊어가는 가을 산사를 거닐며 아아, 순정한 사랑과 잃어버린 청춘은 매정하고 낯설게 내 곁을 영영 떠나갔음을 비로소 깨달았습니다.

종교가이자 철학가이며 사상가인 만해의 향기가 이 절 곳곳에 배어 있는데 극락보전 앞 화엄실에 전두환 전 대통령이 머물던 곳이라며 문을 열어 재낀 방이 유적지처럼 팻말을 달고 있어 볼썽사나웠다. 분명한 사실은 그는 대통령의 서거를 틈타 무단권좌에 올라 민주화를 외치던 민중을 학살한 전범이며 해국자害國子이다. 더군다나 화엄실은 만해가 님의 침묵을 집필한 시향이 서린 곳인데 한 범죄자의 은신처로 제공되었다니 어처구니없는 일이다. 입구의 다리명이 수심교修心橋라고 되어있는데 전두환 전 대통령이 명명한 것이라고 하여 더욱 불쾌했다. 하루빨리 이 절이 본연의 모습을 찾아 민족시인 만해의 향기를 그윽이 간직한 참 도량이 되길 바랄 뿐이다. ■

천리포 수목원

　　천리포 수목원은 1945년 제2차 세계대전 당시 미 군정
정보장교로 이 땅에 온 한 독일계 미국인에 의해서 조성되
었다. 이 땅을 오가던 그는 어느새 아름다운 한국에 매료되
어 정착하게 되었다. 그리고 1962년 5천 평의 농원 부지를 사
들여 정원을 만들기 시작한 것이 지금은 18만평이 되었다니
수목에 대한 그의 집념은 자신을 사랑하는 것보다 지극했던
것이다. 그러나 평생을 바친 아름다운 수목원을 남겨두고 그
는 2002년 미국이 아닌 저세상으로 영원히 떠났다. 돌아오라
고 수없이 편지를 보낸 그의 홀어머니를 뿌리치고 한국에 귀
화하여 이름마저 바꾼 터였다. 2012년 4월 8일 민병갈 선생은
생전의 소원대로 그의 어머니를 그리며 심어놓은 목련 라스
베리펀 곁에 수목장이 되어 나무 거름이 되었다.

15살 나이에 아버지를 잃고 어머니 밑에서 자란 그가 한국
땅에 살면서 무척이나 보고팠을 어머니와 나눈 편지들이 눈
물겹다. 한때 어머니를 한국에 모셔와 살기도 했던 그는 어
머니가 돌아가시자 평소 좋아하셨던 목련 라스베리펀을 심
어두고 그리움을 달래기도 했다고 한다. 그는 결혼하지 않고

홀로 50년을 한국에서 살다가 모든 걸 한국에 남겨두고 한국에서의 50년을 마감한 것이다. 낭새섬 멀리 푸른 바다가 보이는 수목원 기슭과, 숲 속엔 잘 가꿔진 정원의 게스트하우스가 관광객을 맞고 있었다. 여름도 풀이 꺾인 만리포해수욕장은 마지막 피서객들로 붐볐지만 밀물이 쓸려와 파시한 장터처럼 스산했다. 차라리 방파제가 있는 해변의 횟집에서 방금 건져 올린 붕장어를 구워 쐬주 한잔 걸친다. 노을 지는 방파제엔 긴 낚싯대를 드리운 강태공들이 바다를 응시하며 시간을 낚고 있다. 아, 살아있는 이 순간은 얼마나 행복한가. 순간의 절벽 같은 생의 감탄사가 파도처럼 철썩 치고 간다. 이런 시를 안주로 그윽이 한잔 올릴 때.

　　누군들 바라잖으리,
　　그 삶이
　　꽃이기를
　　더러는 눈부시게
　　활짝 핀
　　감탄사기를
　　아, 하고
　　가슴 때리는
　　순간의
　　절벽이기를

　　　　　　　　　　　　　　　　박시교 '꽃 또는 절벽'

•천리포 식물원: 충남 태안군 소원면 천리포1길 (041)672-9982

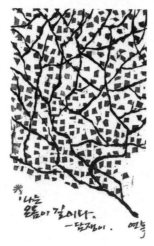

詩가 있는 풍경

*「나는 외롭이 길이다.
  -담쟁이. 연녹

류연복 판화

길의 혈관

담쟁이처럼 뻗어난 사유의 통로
그림자 밖 모퉁이
모헨조다로가 황토를 뒤집어쓰고
타클라마칸에서 사자死者의 울음이 마르고 있다.
혈류는 특별히 존재하지 않았다
내 안에 내비게이션처럼 탑재되어있다
불규칙적으로 살고 싶다
바람멀미에 비틀대며
끊어지는 북소리
이슬처럼 맺히고
먼 마을 저녁연기처럼
번지며

2012년 8월 신두리 사구砂丘에서

*청령포, 영월

가을비 낙엽처럼 주저앉는 날 청령포를 찾았다, 서강이 에워싼 이 외딴곳에 단종은 유배된 후 죽음을 맞았다. 장송들이 어린 왕의 처소에 허리 굽혀 애도하며 제례하고 있다. 지나간 시간들은 묻혔지만 살아있는 시간들은 분주하다. 현재라고 정의할 순간은 없다. 그것을 말하는 찰나는 이미 사라진 과거가 된다. 정지된 시간은 죽은 후의 시간, 어쩌면 죽음이야말로 영원한 현재인 매우 모순적인 생을 우리는 현재라고 칭하며 살아가고 있는 건 아닐까? 단종은 산자락 아름다운 언덕에 그의 주검을 수습한 의인에 의해 영면하고 있다. 단종의 복위를 도모하다가 참수당한 사람은 사육신 외에도 금성대군(세조의 동생)과 순흥 부민들이 있다. 금성대군의 거사가 실패하자 순흥은 정축지변이라는 참화를 당하였고 순흥 도호부마저 폐지되었으니 실로 한 사람의 욕망은 끔찍한 결과를 낳은 것이다. 나는 장릉 앞 식당에서 스트레스 받은 육식동물처럼 곤드레밥 한 그릇을 해치우고 추가로 한 그릇 더 먹었다.

안개 드리운 청령포를 돌아 나오며 어린 단종에게 사약을 전어傳御하고 돌아서는 왕방연의 기구한 시 한편을 꺼내어 본다. 가슴이 무너지는 참담함이 임(단종)을 향해 눈물져 있다.

•청령포: 강원도 영월군 남면 광천리 산 67-1

천만리 머나먼 길에
고운님 여의옵고
내 마음 둘 데 없어
냇가에 앉았으니
저 물도 내안 같아야
울어 밤길 예놋다

이 부근의 선돌은 또 하나의 선경이었다. ▨

*추풍령역
증기기관차 급수탑

지난 겨울, 쿠바를 여행했었다. 아름다운 트리니다드에서 증기기관차를 타고 드넓은 평원을 달렸다. 노예감시탑에 올라 사방이 탁 트인 사탕수수밭을 바라보던 추억도 멋졌고 시간을 뉘어 놓고 천천히 달리던 증기기관차의 낭만은 더욱 잊을 수 없다. 희뿌연 연기와 아련한 기적소리 들리는 세월을 당겨보면 우리나라의 기찻길에도 증기기관차가 있었다. 그 자취는 여러 곳에 있지만 추평령역 급수탑은 근대의 풍경을 고스란히 담고 있는 추억의 장소이다. 거슬리는 것은 추풍령역이다. 인적 드문 간이역에 이런 거창한 역사가 왜 세워져야 했는지. 대합실에 걸린 사진속의 옛 역사는 소도시의 풍경과 너무나도 잘 어울렸는데 편리성만 찾는 시대가 저지른 어색하고 낯선 광경이다.

추풍령역은 1905년 신축하여 2003년 현재의 건물로 개축되었다고 한다. 추풍령역은 역장과 부역장 2명에 역무원 3명이 전부인데 2명씩 3교대로 근무하고 있었다. 그러니까 실제 근무하는 사람은 2명인데 무궁화호만 하루에 상행 3량 하행 3량이 운행되고 있었다. 승객은 타고 내리는 사람을 모두 합쳐 하루 70여명에 불과하다고 한다. 역장께서도 승객에 비해 역이 너무 비대하다고 실토하셨다.

추풍령역 급수탑은 1939년 건립되었고 근대문화유산 47호로 지정되어있다. 급수탑의 내부는 석탄을 때어 물을 끌어올린 후 다시 2층의 저장고로 퍼 올린 펌프가 있고, 급수탑 뒤엔 물을 공급했던 우물이 있었다. 철문을 열고 안내를 자청하신 역장님은 2층까지 퍼 올린 물이 낙차를 이용하여 철길 밑으로 연결된 파이프를 타고 증기기관차까지 공급된 원리까지 자세히 설명해 주었다. 이곳의 넓은 철도부지는 공원으로 만들어질 계획이라고 한다. 그땐 허물어진 급수정給水井까지 복원될 것이라고. ■

• 추풍령역: 충북 영동군 추풍령면 추풍령리 336-1 (043)742-3788

서산 팔봉산에서
2012. 6
하진

서산여행
• 팔봉산 감자축제: 충남 서산시 팔봉면 어송리 1295-3 팔봉면사무소 (041)660-3453

*
팔봉산자락에서
감자를 캐며

　　　산허리를 감싼 밤꽃이 자취방의 총각 냄새처럼 퀴퀴하게 풍겨
오고, 언덕을 뒤덮은 망초꽃은 환영 속 메디슨 카운티의 다리 아래로
흘러내린다. 나는 오묘하게 미소 짓는 메릴 스트립을 만난 듯 그윽이
취했다. 흰 나방이 날갯짓 할 때, 저녁 드시고 싶으면 언제라도 오라
던. 산자락 뽕잎에 매달린 까만 오디가 옛 생각을 몰고 온다. 추억은
발효처럼 기억의 독 안에서 소리 없이 익었다. 세월은 벌써 한 해의
반환점을 돌아 속도를 낸다. 팔봉산 감자 캐기 축제에 와서 씨알 굵
은 감자를 거두며 배고팠던 시절의 어두운 부뚜막을 떠올린다. 다시
서해가 스카이라운지 창처럼 내다보이는 팔봉산에 올라 까마득한
소실점 너머로 시선을 던진다. 불현듯 먼 이국의 오지로 떠나고픈 허
기가 계절병처럼 몰려왔다.

　　　푸른 하늘의 흰 구름이 정물처럼 내 앞에 놓여있는 창가에서 나는 문
득 이런 시를 끄집어냈다.

　　　파란 장미를 먹고 얼어버렸으면,
　　　생선가시처럼 희미하고 싶다.
　　　나뒹구는 밤을 넘어
　　　겟세마네 동산으로 가고 싶다.
　　　가서 귀 없는 고흐와 몸을 섞고 싶다.
　　　진하게 굵게, 뭉개지도록
　　　누군가의 이름을 부르고 싶다.

박연준 '생일' 부분

*푸른빛 고을, 청양

장맛비처럼 후드득 지나간 여름 끝에 폭염이 뒷북을 치고 있다. 그래봐야 혁명군처럼 등장한 가을은 전격적으로 조석을 점거했다. 송림에 둘러싸인 천장호도 가을 기색이다. 긴 출렁다리 건너 계곡물 맑게 흐르는 산자락을 산책한다. 청양은 구기자 고추축제에 뜨겁고 전국장사씨름도 열기를 더한다. 김치 만들기 체험, 보리밥 비벼먹기 체험 등의 행사가 푸근한 옛 장터를 떠올린다. 막걸리 한 사발에 청양고추를 매운 고추장에 찍어 삼켰다. 본고장 고추의 눈물 쏟는 매운맛이 얼얼하다. 들길 따라 칠갑산 장곡사에 들렀다. 하대웅전의 소박한 모습이 단아하다. 하지만 이 절이 아름다운 건 보물 네 개에 국보를 두개나 소장하고 있는 품격이 있기 때문이다. ■

청양구기자 고추축제: 충남 청양군 청양읍 문화예술로222 (041)940-2301
장곡사: 충남 청양군 대치면 장곡리 15 (041)942-6769

* 횡성 장 구경

매향동 수원천변에서 '보리쌀아저씨'란 간판 걸고 그림 그리며 우리 농산물 파는 후배가 있다. 그를 따라 횡성에 간다. 내일이 장이라 하루 일찍 떠나지만 날 저물어 수원에서 귀농한 지인 집에서 하룻밤 묵게 되었다. 갑작스런 불청객에게 주인은 술상을 차렸고 도회서 온 옆집 새댁은 모락모락 김 오르는 옥수수와 직접 가꾼 토마토를 가져왔다. 물소리와 함께 반 고흐의 압생트 같은 독한 술은 빠르게 비어졌다. 찬물로 등목한 후 잠시 눈 붙이고 장터로 향했다. 궂은 날씨에도 시골 할머니들은 팔러 나온 물건을 내놓고 분주했다. 넉살 좋은 후배는 그들을 누님이라 부르며 옥수수, 호박잎, 고들빼기 등 부지런히 장 본 물건을 차에 싣고 달렸다. 가게엔 벌써부터 손님들이 기다리고 있었다. 불변의 신용이 그 이유다.

횡성장터에는 올챙이국수와 횡성한우가 유명하다. ▨

•횡성한우전문 판매장: 강원도 횡성군 횡성읍 상리 659-8 (033)345-0644

*덕유산
상고대

올 들어 최고 추운 날, 아름다운 상고대를 보러 덕유산에 올랐다. 아이젠에 할퀴어 신발 속을 파고든 가루눈에 발이 얼었다. 하지만 내려오는 사람과 뒤엉켜 부딪치는 게 더 지친다. 앞질러가던 똥딴지같은 사람이 미끄러져 그만 눈 속에 파묻혔다. 얼마 후 눈사람이 되어 나온 그는 얼굴을 붉히며 어쩔 줄 몰라 했다. 앞지르기 하다가 전복한 자동차처럼 난감한 광경이다. 향적봉 위엔 수많은 등산객들이 면도날 같은 삭풍을 맞으며 운집해 있었다. 아우슈비츠 수용소를 방불케 하는 대피소에서, 뭇 군상들과 선 채로 컵라면을 먹었다. 중봉으로 내려오는 길에 스틱을 잡느라 노출된 손이 덕장의 동태처럼 얼고 녹기를 반복했다. 나의 혹한기 훈련은 끝났다. 이것으로 올 겨울 강추위에 대항할 면역력은 충분하리라. ▪

•덕유산 국립공원 관리공단: 전북 무주군 설천면 구천동 159 (063)322-3174

최고측운날 그3품1
영하16도   꿀바람북는 향적봉, 밀티남덕유산이보인다.   2011.1.16

*운장산과 금남정맥

　　전북 진안군과 완주군에 걸쳐있으며 호남, 노령산맥들과 동거하는 금남정맥의 주봉이 운장산이다. 동봉을 거쳐 정상을 정복한 후 다시 서봉을 지나면 연석산을 만나게 된다. 억센 산죽을 헤치며 눈이 정강이를 파묻는 비탈길을 좀 더 치달아 연동마을로 하산한다. 스패츠를 두고 온 건 가장 큰 실수다. 신발 속으로 들어간 눈이 얼었다가 다시 체온에 녹아 저벅거리고, 허기와 추위는 수미산 코라의 고행을 떠올렸다. 인생을 어렵게 견뎌내는 것, 나는 어렵게 시를 짓듯 살고 있는 것일까? 삼한사온을 저버린 혹독한 추위가 좀체 끝날 것 같지가 않다. 하산 후에 마신 막걸리 한잔은 그 어떤 성찬에 부럽지 않다. 버스 안에서 녹은 몸이 스르르 졸음을 몰고 왔다. 영화 '닥터지바고'의 오마 샤리프가 되어 눈 덮인 시베리아를 주유한다. 삶이 꿈 속에 있는 겨울의 일부. ■

・운장산(1126m): 전북 진안군 부귀면 황금리와 완주군 동상면의 경계에 있다.
(063)430-2611

2011. 11 해원 [seal]

162 詩가있는 풍경

* 내변산과 내소사

잿빛 하늘이 계절을 덮고 있다. 북아현동, 수유리, 플라타너스 큰 잎이 뚝뚝 떨어지던 청파동이 그려지는 만추. 검은 골목을 추위와 허기에 움츠리며 종종걸음 치던 시절. 연탄불 발갛게 피워 겨울을 준비하던 어렴풋한 옛 기억. 내변산 등줄기를 차오를 때 푸르던 잎 낙엽 지고 이젠 앙상한 겨울이 왔음을 비로소 실감한다. 관음봉에 올라서니 보이는 것이 모두 발밑이다. 나는 다소 삐딱하게 도망치는 세월 앞에 냉소를 보낸다. 깐 놈의 시간에 구차할 건 없다. 그런데 내소사로 가는 내리막길이 브레이크가 잡히질 않는다. 근엄하신 부처님을 배알하고 무엄한 삶에 용서를 빈다. 전나무 숲길 내려와 젓갈냄새 풍겨오는 곰소로 간다. 아, 낙조 아래 허름한 횟집, 가자미회에 쐬주 한 잔이 가을 나그네의 공허함을 달래준다.

내소사는 무엇보다 전나무 길이 아름답지만 편안한 경내에 들어서면 더욱 따뜻한 온기가 느껴진다. 백제 무왕 34년(633)에 창건한 1,300년 역사를 지닌 고찰이지만 임진왜란 때 피해를 입었다. 인조11년(1683)에 건립했다는 대웅전은 단청이 없어 화장을 안 한 맨얼굴처럼 수수하고 친근미가 느껴지는 보물(291호)이다.
직소폭포와 관음봉이 있는 내변산 등산로는 호수와 변산반도를 볼 수 있는 운치 있는 길이다. ▪

• 내소사: 전북 부안군 진서면 석포리 268 (063)583-7281

*내장산, 2011. 11. 11

　　1자가 6개나 되는 기념비적인 날 내장산을 찾았다. 11월의 몰골은 외롭다. 모호한 회색빛 하늘은 더욱 황량하다. 단풍 구경 제대로 가겠다고 아껴둔 것이 때를 놓쳐 모두 낙엽이 되었다. 내장사 뒤란의 감주저리만 울긋불긋 요란하다. 산을 오르는데 무언가 불편함이 느껴졌다. 아뿔싸! 구두를 신고 온 것이다. 정신없는 삶이 진저리가 나지만 상습적이라 자책마저 무모하다. 비자나무숲을 지나며 레바논 산맥의 아름다운 백향목이 생각났다. 눈 더미를 지고 있는 거대한 백향목의 골짜기. 칼릴 지브란의 그림과 기념관이 있는 예언자의 고향. 가랑비 맞으며 불출봉 정상에 오르자 운무가 사방을 뒤덮은 경이로운 광경이 펼쳐졌다. 이 멋진 순간은 한 해를 잃은 단풍을 상쇄하고도 남는다. 하산 길은 젖어 있고 짓밟힌 낙엽은 총 맞은 카다피처럼 처참했다.

2012년 8월 말 태풍 볼라벤의 영향으로 내장산 편백나무 5,000여 그루가 부러지거나 뽑혔다. ■

• 내장산국립공원: 전북 정읍시 내장산로 936 (063)538-7875
• 내장사: 전북 정읍시 내장동 590 (063)538-784

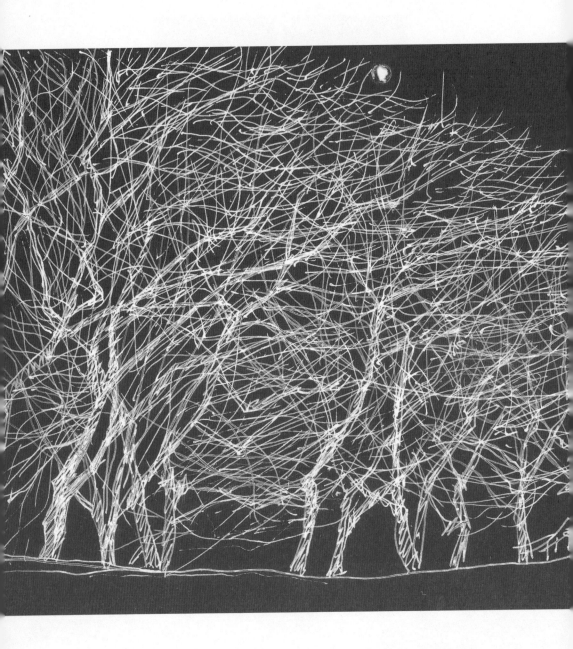

* 담양, 그리운 남도

떡갈비 징하게 먹었지만 방 구하기는 쉽지 않았다. 분홍불빛이 새어나오는 야시시한 러브호텔에서 잘 수도 없고, 겨우 찾은 곳이 청소년 수련회 때나 사용할 교실 같이 넓은 방이다. 혼자 자기에는 너무도 널찍한 방에 어색한 잠을 청하고 이른 아침부터 여정에 올랐다. 송강정의 푸르고 힘 있는 송림에 올라 구겨진 가슴 한번 펴고 면앙정 거쳐 소쇄원으로 갔다. 도가적 삶을 꿈꾸었던 조선 선비들이 한담을 나누던 사적지 입구는 대나무 숲이 폐부를 열어준다. 초 이상주의자 조광조의 실패한 개혁과, 그의 죽음을 비관한 양산보는 이곳에 내려와 트라우마를 지우며 홀로 살고자 했을 것이다. 식영정 언덕의 소나무도 멋지고 죽녹원 앞 대통밥도 맛났다. 나는 조선 선비들의 풍류와, 가장 한국적인 시골 정원이 있는 조화로운 고을 담양을 남도 답사 1번지라 부르고 싶다. 메타세콰이어 길을 지나 관방제림을 걸을 땐 이 도시의 품격이 더욱 걸쭉히 우러났다.

담양 명옥헌 가는 길은 시골다운 시골길이어서 좋

다. 특히 후산리 왕버들과 연못은 자연이 스스로 만들어놓은 걸작이다. 물 위에 비치는 버드나무 그림자는 특히 아름답다. 여기서 조금 들어가면 마을 뒤에 '인조대왕 계마행'이라 불리는 600년 된 은행나무가 나오는데 이 나무는 인조가 왕위에 오르기 전 명옥헌의 오희도를 만나러 가는 길에 말을 메어두고 걸어서 갔다고 하는 데서 유래한다.

담양에서 꼭 가봐야 할 또 하나의 명소는 창평마을이다. 여러 채의 한옥들이 각기 다른 모습으로 모여있는 아름다운 마을이다. 돌담 흙담이 골목을 길게 에워싸고 있고 허물어진 고가는 세월의 무상함을 전해주고 있다. 이 마을을 지나다가 한 할머니가 반갑게 인사를 걸어

오는 통에 슬며시 마당 안으로 들어섰다. 할머니는 방으로 들어가서 차 한 잔 마시고 가라며 반겼다. 처음 보는 나그네에게 베푸는 후의라 낯설었지만 정겨움이 묻어나 선뜻 들어섰다. 조그맣고 아늑한 방으로 들어서자 할머니는 명절 끝이라 자식들이 다녀간 후에 남은 음식이라며 이것저것 내 놓으셨다. 몇 해 전 할아버지를 떠나보내고 혼자 산다는데 외로움이 주름의 골마다 사무쳐 있었다. 갑작스런 전라도 음식에 행복하여 손 안에 지폐 한 장을 넣어주고 황급히 문을 나섰다. 할머니는 자식 배웅하듯 대문 밖에 나와 보이지 않을 때까지 휜 허리를 곧추세우고 손을 흔들었다. 🔲

•소쇄원: 전남 담양군 남면 지곡리 123
•식영정: 전남 담양군 남면 지곡리 산75-1 (061)380-3155
•명옥헌: 전남 담양군 고서면 산덕리513 (061)380-3155
•창평마을: 전남 담양군 창평면 창평리 113-1
•송강정: 전남 담양군 고서면 원강리 산 1
•후산리 왕버들: 전남 담양군 고서면 산덕리

진안마이산
2012 해 권대석[印]

*진안 마이산

        중생대 백악기에 습곡운동을 받아 융기된 역암이 침식작용에 의하여 형성된 산으로 형상이 말의 귀를 닮았다고 하여 마이산馬耳山으로 불린다. 탑사 뒤의 80여개에 달하는 돌탑은 대단한 내공이 쌓인 걸작이다. 비바람 눈보라에도 허물어지지 않는 것은 구도자의 지극한 원력 때문일까? 차디찬 바람의 표면은 거칠고 나의 내면도 서릿발이 돋았다. 올 한 해도 나와, 가족과, 이웃의 여정이 순탄하길, 작은 돌탑 쌓으며 빈다. 그리고 긴 계단을 오르며 마음의 행장을 차곡차곡 꾸린다. 유목민처럼 바람 끝에 염원한다. 소망의 결정체 건강과 행복을 꿈꾸는 자여! 복 많이 받으시길…

        2012년 봄, 비바람 휘몰아치던 날 나는 다시 이곳을 찾았다. 내 일생에 이보다 세찬 비바람은 없었다. 그래도 하얀 벚꽃은 마지막 풍모를 지켰고, 길가엔 온갖 음식이 유혹하는데 메추리구이에 갈비구이까지 의식의 통제를 무너뜨렸다. 막걸리 한잔에 허물어지는 상념. **아! 화무십일홍, 이 꿈같은 봄을 몇 번이나 더 만나랴!**

마이산도립공원 (063)433-3313: 전북 진안군 진안읍 단양리 688(북부주차장)
전북 진안군 마령면 등촌리 76-2(남부주차장)

*모악산, 금산사에서

　　　　오리알터 쌀메뚜기 정미소를 지나 들길 걸으며 생각했다. 가
을비 우산 속에 이슬 맺히듯, 오동잎 지는 가을에 떠난 가수. 이어폰
을 낀 채 휴대폰에 머리 박고 횡단보도를 건너는 긴 머리 여자들은
엄숙히 사색에 몰입했다. 엘리베이터 앞에 무더기로 서 있는 남자들
도 일제히 휴대폰을 두드렸다. 임이 아니면 못살 것처럼. 콘텐츠는
대부분의 도시를 관통했다. 눈과 마음의 교류는 전반적으로 낯설다.
금산사 미륵전 삼존불 앞에 무릎 꿇고 깨진 유리병을 씹으며 고백한
다.

　　총알이 지나간 혓바닥으로
　　연애편지를 쓸 테야
　　피는 아름답지만
　　키스는 얼얼하지요
　　달력의 숫자는
　　아~ 유리컵처럼 입을 벌리고
　　붉은 꽃을 기다려
　　고백을 해야 하는데 고백을
　　　　　　　　　　　황병승 '고백기념관' 중에서

논산평야를 지나며 대한민국 김관식이 생각나 무말랭이처럼 비틀어

진 그의 기구한 시 한편을 꺼내어본다. '이 가을에', 그의 모교 강경상
고 뜨락에 시비로 세워진 시다.

  窓밖에 무슨 소리가 들리는데
  가을이던가
  鹿車에 家具를 싣고
  가랑잎 솔솔 내리는
  이끼 낀 숲길
  영각소릴 쩔렁쩔렁 울리며
  어디로든지
  떠나고 싶다
  그러나 내게는 아무도 없네

국보62호
금산사 미륵전
2013. 9 해김

반겨 맞아 줄 고향도 집도
순채나물
농어회
江東으로 갈거나
歐陽修
글을 읽는
이 가을밤에.

김관식 '그 가을에'

금산사는 임진왜란 때 승병이 훈련했던 사원답게 넓은 마당이 인상
적이다. 그로 인해 왜란의 화는 면하였지만 정유재란 때 그 보복으
로 80여동의 건물과 40여 암자가 전소되는 비운을 겪었다. 이후 인조
13년부터 복원을 시작하여 중건을 거듭한 끝에 오늘에 이르렀다. 한
국의 사찰은 어느 곳에 가더라도 왜란 때 소실되어 복원 되었다는 문
구를 볼 수 있다. 도대체 온전히 남아있는 게 없다. 소중한 우리의 문
화재를 잿더미로 만든 일본의 흉악무도한 짓에 늘 분통이 터진다. 39
척의 미륵불을 모신 이 절의 미륵전은 거대한 3층 누각으로 국보62

•금산사: 전북 김제시 금산면 금산리 39번지

호다. 이 외에도 보물이 10개나 있는 대 가람이며 별도의 성보 박물 관에 귀중한 유물이 전시되어 있다. 하지만 성보박물관은 입구가 까 맣게 선팅이 되어있어 들어가기가 부담스러웠다. 문을 열면 신발장 이 있고 컴컴한 안에서 젊은 아가씨가 튀어나와 마치 유흥주점에 들 어가는 듯 희한하여 잠시 긴장했다. 다시 절을 나와 금산사 마실 길 을 걷는데 울창한 송림 속에 연리지가 나타났다. 여러 곳의 연리지를 보아왔지만 이 나무는 곧은 두 그루의 소나무 가지가 중간에 붙어있 어 마치 팔짱을 낀 느낌이다. 놀란 것은 이 나무가 태풍 볼라벤으로 인해 부러진 것이다. 그것도 서로 접합된 부분이어서 더 안타까웠다. 관계부처에서 빨리 대책을 세워야 할 텐데, 아직 방치되고 있어 걱정 이다. 울창한 나무가 따가운 가을빛을 양산처럼 가려주고, 시원한 물 줄기가 흘러내리는 촉촉한 산길은 최고의 산책로다. 귀로에 대한민 국 유일의 지평선 김제평야를 보았다. 지평선 축제를 준비 중인 황금 들판은 더욱 넉넉하고 풍요롭다.

민초의 성지, 운주사

당기지 않는 순댓국을 끼적거리다 말고 밤길을 나섰다. 제아무리 전라도 음식이라도 혼자 먹는 식사는 서글퍼다. 낯선 여인숙에 행장을 푼다. 퀴퀴한 냄새 묻은 이불속에서 낯선 잠을 청한다. 선 잠 일으킨 새벽 화순터미널로 나가 버스에 올랐다. 이른 아침 다다른 운주사는 추위가 살을 엔다. 매표소는 아무도 없고 따뜻한 난로만 겨울 나그네를 그립게 한다. 본의 아니게 무료입장이다. 천불 천탑은 어디로 사라지고 70여개의 석불과 석탑들이 널브러졌다. 틀을 벗어난 기하학적 조형들이 호기심을 자극한다. 머슴바위의 정감어린 모습은 민화나 민중미술이 연상되고 민초들의 삶처럼 질박한 느낌이다. 뒷산 언덕 커다란 와불은 차가운 맨땅위에서도 평온한 모습이다. 상처받은 삶을 위로하듯 따스한 모습이 진실한 자애의 의미를 전해주고 있다. ▇

머슴바기

기층
石塔

광배를 갖춘 불상 〈187〉
와불
自由로운 佛 像들

석불군

서편불 2님
(보물제797호)

4佛 4塔의 성지
雲 住 寺에서
2011.
하이元

•운주사: 전남 화순군 도암면 대초리 20 (061)374-0660

*보길도 세연정

　　땅끝마을에서 카페리 타고 한 시간 남짓 걸리는 이 섬에 오는 데 수십 년이 걸렸다. 삼월의 훈풍이 발라드하게 온 몸을 적시는 뱃전에서 타이타닉의 레오나르도 디카프리오를 패러디하며 겨우내 막혀있던 폐부를 연다. 세연정은 고산 윤선도가 이루어놓은 빛나는 가사문학의 산실이다. 동대와 서대에서 어부사시사에 맞춰 춤추던 무희들의 환영이 내 마음 속에 정연히 그려진다. 터널식 수입구가 있는 인공연못 회수담도 기품 있고, 뒤꼍으로 이어지는 동백꽃과 싱그러운 마늘밭도 파릇한 봄의 시 한 편 같다. 등산로는 온통 동백 숲, 푸른 바람이 동백꽃 향을 머금고 풍선처럼 내 안을 부풀린다. 전복에 쐬주 한잔이 그립다. 지국총어사와 지국총어사와.

　　보족산 종점에서 버스를 기다리고 있는데 민박집 젊은이가 손짓하여 들어갔다. 수산물과 수족관이 있는 간이식당이었다. 젊은이는 민박집 주인이었고 뭍에서 온 관광객과 술잔을 나누고 있었다. 그들은 산행하는 일행을 기다리는 동안 방에서 한숨 자라고 하여 자고 나왔는데 돈도 받지 않을 뿐더러 술까지 얻어먹고 있는 중이라고 호들갑을 떨었다. 나도 그들 틈에 끼어 졸지에 삶은 전복과 따개비를 안주하여 한잔 걸쳤다. 인심 좋은 섬마을 청년, 그의 아내는 베트남에서 온 아름다운 새색시였다. ■

완산 윤선도의 세연정
보길도 2012 허진

• 보길도: 전남 완도군 보길면
• 세연정: 전남 완도군 보길면 부황리 (061)550-5412
• 선창리 민박: 010-9189-0520 전남 완도군 보길면 선창리 688-1 (061)554-8391,553-6512
  전복죽, 전복 판매. 한방 오리탕, 닭볶음탕

구례 산동 산수유나
2012 해포

산수유마을,
구례 산동

　　옛날 중국 산동에서 시집온 처녀가 처음 심었다는 산수유, 그
래서 이곳 지명도 산동이다. 실제로 계척마을엔 시목으로 추정하는
수령 1,000년의 산수유나무가 존재한다. 지금 지리산 자락은 온통 노
란 세상이다. 연약하면서도 강렬한 색. 고흐는 죽기 전까지 노란 정
열을 불태웠다. 미치기 위한 몸부림처럼 꿈틀대는 노란 고집은 아를
의 여인 배경색에도, 임종을 앞두고 그린 까마귀가 나는 밀밭에도 사
용됐다. 봄은 발라드하고 왈츠라야 좋지만 비제의 아를의 여인이 지
배하는 미뉴에트의 플루트 소리가 좋다. 나는 목숨과도 바꿀 아름다
운 여인을 그리며, 시음용 산수유막걸리를 머리 처박고 퍼먹다가 남
몰래 취했다. 산수유가 남자에게 좋다고 체험학습을 시키지 않아도,
상상의 자유만으로도 자위가 되는 행복한 봄날. 아, 꽃 그늘 아래 초
막 지어 홀로 살고 싶다. 🔲

구례산수유축제행사장: 전남 구례군 산동면 좌시리 825 (061)870-2727

선암사와 송광사를
거느린 산, 조계산

　　돌담 위에 널린 옥양목 호청처럼 눈부신 봄이다. 꽃 피고 잎 돋아 쾌청한 봄은 비로소 완성되었다. 학문을 닦는 선비의 뜰 같이 단아하고 정감 있는 선암사로부터 조계산을 오른다. 명주실처럼 고운 햇살이 사선으로 떨어지고 솟구치는 지기地氣에 흙살도 부드럽다. 긴 조계산 등줄기를 탈 때 땀방울을 씻어주는 산들바람이 사월의 꽃향기를 싣고 불어왔다. 산뜻한 신록은 풀물 든 계곡으로 흐르며 음표처럼 물소리에 실려 간다. 독새풀 쫑긋이 일어선 논두렁 아래서 정사를 끝낸 종달새와 함께 흐뭇한 여운으로 하산한다. 대나무 숲 사이로 우리나라 3대 삼보사찰의 승보사찰 송광사가 엄숙히 나타났다. 이름난 고승들이 거쳐 간 도량답게 대웅전 앞에 소박한 박물관까지 거느렸다. 지체 높은 국보56호 국사전은 개방이 되지 않아 올려다볼 뿐, 법정스님 떠나신 불일암도 멀고 미련이 남는다. 차라리 까마득 떨어지는 적멸의 해우소에서 부질없는 욕망을 내린다. '텅~'

· 선암사: 전남 순천시 승주읍 죽학리 산 802 (061)754-5247
· 송광사: 전남 순천시 송광면 신평리 12 (061)755-0108

조계산송광사

선암사 2012 해원

고창 선운사 K3人
해元
2011

*선운사 꽃무릇

　　요즘 심리적 외상外傷에 고통 받다가 선운사를 찾았다. 만세루에 앉아 차 한 잔 마시며 대웅전에서 굽어보는 부처님 전에 반성문을 올린다. 산문 밖엔 달궈진 프라이팬의 식용유처럼 사무침에 몸부림치는 붉은 상사화(꽃무릇)가 무리지어 가슴 치고 있다. 타 죽어도 좋을 그리운 사람 있어봤으면 좋겠다 싶다가 상처받기 싫어 속으로 고개 저었다. 제기랄! 기상이 수미산을 덮을 만하다고 추사가 칭송한 긍선, 그의 백파율사비가 있는 박물관은 문이 닫혔다. 홧김에 풍천장어에 복분자주 한잔 삼키고 메밀꽃밭으로 갔다. 코스모스와 메밀꽃과 해바라기가 하얀 솜구름이 뜬 푸른 하늘 아래 펼쳐졌다. 얼마 후면 국화도 피어 하늘 계신 미당의 시심이 누리에 전해지리라. 🔲

・선운사: 전북 고창군 아산면 삼인리 500 (031)770-2068

*섬진강 매화마을

따사로이 익은 햇살이 주머니 속을 파고들다가 어느새 마음속 깊이 스민다. 자비처럼, 은혜처럼, 사랑의 전류처럼. 아직 만개하지 않았지만 성급히 피어난 꽃들은 그윽한 향을 흩날린다. 운매가 푸른 허공을 향해 뻗어있고 이끼 낀 바위를 배경으로 날렵한 수묵선 같은 홍매화 한 가지가 여백의 미학을 축조한다. 까마득 펼쳐진 매실 담은 독 너머로 섬진강이 늘씬한 몸매를 흘리며 모래마당 사이에 드러누웠다. 시금치, 파, 당근, 버섯, 오징어로 버무린 파전을 줄서 기다려 매실 막걸리 한잔 걸친다. 나른한 취기가 아지랑이처럼 일렁일 때, 화개장터 가는 버스에 오른다. 섬진강의 물결무늬가 은어의 비늘처럼 봄볕에 파닥이는 오후.

매화마을은 곳곳에 매화꽃을 소재로 한 시비가 아름다운 글체로 새겨져 있어 또 다른 시심을 깨운다. 김시습, 이이, 조식, 이황, 성삼문과 더불어 윤동주, 노천명의 시도 매화의 서정을 노래한다. 섬진강에서 스킨스쿠버들에 의해서 채취된다는 커다란 벚굴과 비릿하고 시원한 재첩국 등의 먹거리가 봄 입맛을 공조한다. ■

• 섬진강 매화마을: 전남 광양시 다압면 도사리 140 (061)771-9494

매화마을 홍매화

섬진강 백운
청매실 홍운
2012. 해국시

*수탈의 역사와 근대여행
군산

    일제 강점기의 정체성 상실과 피폐한 민초들의 삶이 혼재된 채만식의 '탁류'를 생각하며 호남평야를 지났다. 근대란 상상력이 미칠 수 있는 가장 그리운 이미지, 이 땅의 아버지와 어머니가 경험했던 남루한 시간들을 마주한다. 중화요리, 복성루에서 짬뽕 한 그릇을 먹었다. 무려 한 시간 반 동안 줄 서 기다린 맛, 각종 해물이 수북이 들어 있어 시원하고 얼얼하다. 일본 절 동국사와 히로쓰의 집을 보니 이 땅에서 주인 행세한 일본이 어처구니없다. 옛 군산세관과 조선은행, 그리고 수탈한 곡식을 송출했던 부잔교가 치욕의 역사를 증거하고 있다. 경암동 철길을 다녀온 후, 나는 45년 역사의 이성당 단팥빵을 풀 먹는 염소처럼 야물거리며 노을 내린 군산항을 홀로 걸었다.

동국사와 옛 히로쓰 가옥은 내부와 외부 모두 잘 보존되어 있었다. 군산의 근대문화유산들은 대부분 일본의 잔재들이지만 역사적 교훈이라는 측면에서 보존할 가치가 충분했다. 군산세관은 독일인이 설계했고 벨기에서 수입한 벽돌로 만들어졌다고 한다. 내부는 목조에 지붕은 슬레이트와 동판으로 만들어졌으며 한국은행 본점 건물과 같은 양식이라는데 아름다움이 무르익었다. 군산은 볼거리 외에도 이름난 맛집이 두 군데 있다. 미원동의 복성루와 중앙로의 이성당이다. 복성루 짬뽕은 긴 줄에 파묻혀 무려 한 시간을 넘게 기다렸는데 입장을 해도 식사가 나오기엔 20여분을 더 기다려야 했다. 다소 맵긴 하지만 돼지고기 고명에 푸짐한 해물이 올려진 얼큰한 맛이다. 이성당 빵집의 단팥빵은 사르르 녹는 옛 맛이 풍미를 이룬다. 45년 역사가 일궈낸 고유의 맛은 다른 유명 브랜드가 감히 들어올 생각을 못하게 하는 요인이었다. ▧

•옛 군산세관: 전북 군산시 장미동 49-38 (063)730-8700
•동국사: 전북 군산시 금광동 135
•히로쓰가옥: 전북 군산시 신흥동 58-2
•경암동 철길마을: 전북 군산시 경암동
•복성루: 전북 군산시 미원동 (063)445-8412
•이성당: 전북 군산시 중앙로1가12-2 (063)445-2772

우리나라 대표 연안습지,
순천만

멀고 먼 순천만은 해가 기울고 있었다. 유
람선도 끊겼고 나는 갈대숲을 조급하게 거닐다
가, 동행한 M을 두고 산위로 치달았다. 결사적
으로 뛰어 바다가 바라보이는 용산전망대 앞에
섰다. 잠긴 노을 아래 하얀 S자형 수로가 누드처
럼 드러났고 연보라 빛으로 변한 갈대숲은 포근
히 밤을 기다리는 아름다운 광경이었다. 목적 달
성에 의기양양하여 하산했으나 어둠에 파묻혀
무서움에 질린 듯한 M은 잔뜩 화가 나 있었다.
다음에 다시 오자라는 말은 거짓말이 되거나 실
언이 되기 일쑤다. 제자리로 돌아오면 다시 가기
힘든 것이 삶이다. 그래서 여행에서만큼은 불가
피한 이기심이 발동할 수밖에 없다. 철새 울음이
엘 콘도르 파사를 떠올리는 어두운 길을 나섰다.
올 한해도 저물었다. 회한의 길에 오래된 시 한
편이 눈보라처럼 휘날려왔다.

망년회가 끝난 뒤
우리들은 갈 곳이 없었지
함박눈은 쏟아지는데

지나간 한 해도
기억해야 할 것들보다
잊어버려야할 것들이
더 많았던 나날

망년회가 끝난 뒤
우리들은 갈 곳이 없었지
함박눈은 자꾸만 쏟아지는데

어디로 가야만
우리들이 영원히 기억해야 할
그런 어떤 것을 만들 수 있을지

그러나 우리들은 선뜻
갈 곳이 없었지
함박눈은 자꾸만 쏟아지는데

망년회가
끝난 뒤….

박성룡 '망년회가 끝난 뒤'

· 순천만: 전남 순천시 대대동
162-2 (061)749-4007

전주 한옥마을

　　며칠 따사로웠던 봄이 잔혹하게 찢겼다. 유예된 봄날은 절박한데 거친 비바람은 절정의 꽃을 청춘의 클라이맥스처럼 내렸다. 자연계에 개입한 신의 방종은 상습적으로 인생을 허망하게 한다. 짧은 청춘과 봄. 나는 '나가수'의 인순이가 눈물 삼키며 부른 '서른 즈음에'를 조용히 불러본다. 이렇게 젖은 날, 모주 한잔 의례처럼 마시고 태조로를 따라간다. 경기전의 어진은 그 어떤 위용보다 강건하고, 교동성당은 타임머신을 타고 중세의 유럽에 온 기분이며, 한지 뜨는 수제공방은 시간을 거꾸로 돌렸다. 아, 파리바게트가 기와지붕을 덮어쓰고 있는 과거 속의 현재, 오늘밤은 외국인들에게 더욱 인기 있는 한옥 게스트하우스에서 묵어가고 싶다. 봄비에 젖은 신록이 춘몽처럼 돋아나는 날에.

　　스케치를 다녀온 얼마 후 태조어진이 국보로 지정되었고, 전주시는 비빔밥으로 콜롬비아의 포파얀, 중국의 청두, 스웨덴의 외스테르에 이어 세계 4번째로 유네스코 음식 창의도시로 지정되었다. ■

• 한옥마을 관광안내소 (063)282-1330, 경기전 안내소 (063)281-2891
• 한옥체험 학인당: 전주시 완산구 풍남동 (063)284-9928

- 청산도: 전남 완도군 청산면복지회관 2층 가고 싶은 섬 시범사업추진위원회
- 완도연안여객선 터미널: (061)550-6000
- 청산도 관광지 순환버스 매표소: (061)552-1999
- 청산도 투어버스: 011-616-6568

*
청보리 푸른 다랭이밭이 있는 섬, 청산도

안개 낀 새벽, 청보리와 노란 유채가 대비를 이루며 바람에 출렁이는 청산도에 내렸다. 천천히 옮기는 발걸음이 무중력 상태의 우주를 걷는 기분이다. 푸른 바다에 찌든 마음을 꺼내어 헹군다. 물질하는 해녀들의 꿈틀거림도 생기 있고 전복 맛은 더없이 구수하다. 오랜만에 동행한 M은 달래 캐기에 분주하다. 해안으로 이어지는 슬로시티 길을 돌아 골목길을 걸을 때, 마당가득 햇살을 들여놓은 채 봄나물을 다듬고 있는 한 할머니 집에 들렀다. 할머니는 난데없는 불청객을 마루에 걸터앉히고 커피를 내왔다. 빈속을 채우는 달달한 맛이 장기의 트랙을 시냇물처럼 천천히 흘러내린다. 장광 위로 쏟아지는 따사로운 봄볕이 나른해올 때, 풀냄새 묻은 봄바람이 내게 안긴다. **아, 시간마저 공회전하는 이곳에 유유자적 홀로 살고 싶다.** ▨

천국의 정원, 외도 보타니아

태풍을 만난 한 낚시꾼의 하룻밤 피신처가 오늘날 외도 보타니아가 되었다. 그는 이 섬을 3년에 걸쳐 사들여 두고 온 북녘 고향을 그리며 일구었다고 한다. 척박한 섬은 변모를 거듭해 조각공원과 식물의 천국이 되었고, 서양식 정원도 요정들의 집처럼 아름답게 꾸며졌다. 지금은 한려해상국립공원의 명소가 되어 끊임없이 오가는 배와 관광객들로 하루 종일 북적대지만 평생을 바친 주인은 섬을 떠났다. 그의 부인 최호숙 님의 추모 시 한 편이 조각공원에 새겨져 보는 이의 마음을 적셨다. 죽음으로 인한 영원한 이별은 누구에게나 이토록 슬픈 일인 것 같다. 바다의 신 포세이돈의 삼지창처럼 뾰족 솟은 해금강도 한국적인 남해의 비경이다.

다시 만나는 그날까지

그리워하는 우리를 여기에 남겨두시고
그리움의 저편으로 가신 당신이지만

우리는 당신을 임이라 부르렵니다.
우리 모두가 가야할 길이지만
나와 함께 가자는 말씀도 없이 왜 그리 급히 떠나셨습니까.

임께서는 가파른 외도에 땀을 쏟아 거름이 되게 하시었고
애정을 실어 아름다운 꽃을 피어지게 하시었으며
거칠은 숨결을 바람에 섞으시며 풀잎에도 꽃잎에도 기도하셨습니다.

더 하고픈 말씀은 침묵 속에 남겨두시고 주님의 품으로 가시었으니
임은 울지 않는데도 우리는 울고 있고
임은 아파하지 않는데도 우리는 아파하며
임의 뒷자리에 남아있습니다
임이시여, 이창호씨여
임께서 못다 하신 일들은 우리들이 할 것으로 믿으시고
주님의 품에 고이 잠드소서
이제 모든 걱정을 뒤로 하신 님이시여
임은 내 곁에 오실 수 없어도
내가 그대 곁으로 가는 일이 남아있으니
나와 함께 쉬게 될 그날까지
다시 만날 그날까지
주 안에서 편히 쉬세요.

최호숙 님의 추모시

• 외도 보타니아: 경남 거제시 일운면 외현리 산 109 (070)7715-3330

*간절곶의 해돋이

어디서나 볼 수 있는 일출이지만 오늘만큼은 왠지 활동적이고 싶다. 벅찬 새해를 맞는다는 경건함 때문이리라. 그래서 찾은 곳이 간절곶이다. 우리나라에서 해가 가장먼저 뜨는 곳. 새벽 바다는 살 추위가 폐부를 파고들었지만 새해를 맞는 의식을 생각하면 보다 더 혹독하기를 바랐다. 청춘남녀들이 떠오르는 태양을 바라보며 환호성을 질렀다. '새해에는 부디 건강하고 서로 사랑하며 행복이 항상 우리 곁에 있게 하소서!' 긴장감을 상실하지 말고 올 한해도 열심히 살아야겠다. 새해 벽두, 패기 넘치는 토인비의 잠언을 떠올린다. '끊임없이 닥쳐오는 도전의 자극에 응전하여 줄기차게 승리의 반응으로서 무한히 응수한다고 해서 무엇이 나쁘단 말이냐'

・간절곶: 경남 울주군 서생면 대송리
・해맞이 축제: (052)229-7000, 7902

• 남장사: 경북 상주시 남장동 502 (054)534-6331

*상주 남장사

　　오랜만에 상주의 곶감마을 노악산 남장사를 찾았다. 색 익은 낙엽 밟으며 만난 천년고찰, 어릴 적 소풍가던 추억은 수십 년이 흐른 지금도 그립다. 옹기종기 매달린 감, 알록달록 색 고운 감잎은 너무나도 아름답다. 감꽃 피던 봄도 그립고 산자락으로 소 치러 간 여름방학 땐 떫은 감을 짓이겨 돌 위에 걸어놓고 구워먹기도 했다. 파란 하늘에 뭉게구름 뜬 계곡에서 보릿짚으로 물레방아를 만들어 걸고 시원한 나무 밑에서 헤르만 헤세를 읽던 시절. 빨간 홍시가 익으면 늘 배불렀다. 추수가 끝나면 감 깎기에 분주했고 집집마다 곶감 타래엔 빨간 곶감이 매달려 겨우내 익어갔다. 감은 상주의 보배다. 고색창연한 천년고찰과 집집마다 익어가는 감주저리는 조화로운 한국적 풍경이다. 우수의 정취가 묻어나는 상주 남장사는 누구라도 그대가 되어줄 가장 사색적이고 아름다운 가을 여행지다.

산 너머 고향집은 잡초가 무성했다. 공부하던 책과 책상은 아직 그대로인데, 부모님이 계시지 않는 빈 집은 용도 상실에 주저앉고 있었다. 감나무가 떠난 주인을 머쓱히 반기는 뒤뜰에서 이런 시를 떠 올렸다.

> 빈집에 쌓이는 시간의 무늬에도
> 아름답고 쓸쓸한 생을 관통하던 추억 있다
> 집은 세상으로 나가는 길이었고
> 나는 길 위의 집에서 꿈을 꾸었다
> 보일 듯, 보이지 않는 삶의 흔적과
> 잡힐 듯, 잡히지 않는 옛 사랑의 그림자여

민병일 '적멸 속에 빛나는 빈집'

*
남해 다랭이마을

　　푸른 남해 바다를 등지고 양광이 온몸을 파고드는 산에 오른다. 잡사에 꾸질해진 마음을 봄볕에 꺼내 말릴 때, 절망의 절벽 위에서 희망을 노래하는 산새 소리가 들려왔다. 언덕 위에 걸친 집들은 산토리니보다 아름답고, 나는 사유를 놓아버린 그리스인 조르바처럼 퉁명한 자유를 방목한다. 가파른 설흘산을 타고 내려오다가 다랭이마을을 보았다. 마늘잎 싱그러운 진초록 밭이랑 아래 노란 유채꽃이 산뜻한 유사대비를 이룬다. 나는 비파나무집과 조약돌집을 거쳐 촌할매 막걸리집에서 농주 한잔 걸친 후 무슨 이상주의자처럼 바다로 갔다. 파도가 플라톤의 수염 같은 거친 포말을 공허한 열망처럼 흔들며 소리친다. '인생이란 짧은 기간의 망명이다!'

촌할매(강재심 할머니) 막걸리집에 들어서자 지역에 사는 관광객으로 보이는 사람들이 반갑게 맞으며 막걸리 한잔 권한다. 걸쭉한 맛이 시골 할머니가 직접 빚은 농주 맛 그대로다. 순박한 이 사람들은 내게 파전까지 권하며 사진 한 장 찍으시라고 잔을 들었다.

밥무덤은 음력 10월 15일 동제를 지내던 곳이다. 촌할매 막걸리집 앞에 있다.
암수바위는 남자 성기 모양의 숫바위와, 임신한 여인의 형상을 한 암바위를 합쳐 붙여진 이름이다.
마을 안내판의 민박집 이름도 정겹다. 은희네 집, 마음편한 집, 해뜨는 집, 갯바위 집 등. █

• 다랭이마을: 경남 남해군 홍현리 가천 다랭이마을
• 다랭이 팜스테이: (055)862-0002

상주의 오지 한밭도재이 동구에 느티나무 한 그루가 서 있다. 500년 동안 동민들의 그늘이 되어준 고목이다. 나무는 바로 아래 살고 있는 사람의 집이 궁금한 듯 담장 속을 뚫고 마당으로 들어섰다. 몇해 전 수해가 나기 전까지만 해도 이 집 부엌을 무단침입 했다고 한다. 나무에게 마당을 내어준 집 주인을 찾았으나 아무도 없고 방금 두부를 끝낸 듯 가마솥의 간수물만 모락모락 김을 냈다. 문득 어머니가 맷돌 돌려 해 주시던 그 두부가 생각났다. 바로 옆, 마을 회관에 이장(박완진70세)님의 아내이자 부녀회 회장(안순임68세)이신 마나님이 계셨다. 횟두부 한 모를 처음 보는 나그네에게 씨암닭 대접하듯 내 놓는다. 이런 인심에 느티나무도 월담하여 함께 살고자 한 것일까?

*마당으로 들어 간 느티나무

•대전리 고목: 경북 상주시 외서면 대전1리

산드스 50파운드
Cold press

마당으로들어 간
느티나무
2012
94 현

이곳에서 가까운 곳에 황령사가 있고, 절 앞에 호수 하나가 있다. 이
저수지의 좌측 초입에 논이 있는데 대단한 습지다. 개구리들이 왁자
지껄 떠들어대다가 인기척에 반응하여 소리를 숨긴다. 논엔 개구리
알이 가득했다. 이곳은 성주봉 자연휴양림도 이웃하고 있어 한방단
지에서 사우나도 하며 쉬어갈 수 있다.

• 황령사: 경북 상주시 은척면 황령리 35 (054)541-4458
• 성주봉 자연휴양림: 경북 상주시 은척면 남곡리 산 50 (054)541-6512

*봉정사

넓고 좁다란 들길 따라 외갓집 가던 길은 미루나무 등에 매달린 매아미가 왠 종일 울었다. 메뚜기와 방아깨비가 논섶에서 튀어 오르고, 여치와 베짱이가 세상 모르고 노래하던 길, 얼룩무늬 개구리참외가 땡볕에 달궈져 단맛 풍겨오던 밭이랑, 여름방학이면 초등학교 화단에 빨간 봉숭아꽃이 터질 듯 꽃씨를 잉태했다. 봉정사 대웅전은 엄숙하고, 단아한 극락전은 고향집처럼 친숙하며 영산암 마당은 집 그늘 아래 길쌈 매던 시골집같이 편안하다. 국보15호 극락전이 한국 최고의 목조건물이라는, 미학과, 미술사학과, 고고학이 어쩌고 하는 學과 文에 가치를 찾는 종사자가 아니라도 낯설지 않은 고찰. 귀로의 하늘은 먹구름이 덮쳐 소나기라도 뿌릴 듯 천기를 누설하고 있다. ■

•봉정사: 경북 안동시 서후면 태장리 901 (054)853-4180

국보제15호
봉정사 극락전
2012. 해 건

아! 배흘림 기둥

부석사 무량수전
2에 해 진들

무량수전국보18호, 신등 국보께17호

*부석사

부석사 오르는 길은 나를 낮추는 해탈의 길이다. 나는 아직 겸 하謙下치 못하고 철없이 뻔뻔하다. 부처님 전에 부도덕하지만 오늘은 허기져 산채비빔밥에 이곳의 명물 풍기인삼주 한잔 기울일 수밖에 없다. 주기가 온몸에 퍼질 때 길가에 사과 익는 산사에 오른다. 은행 나무 도열한 울퉁불퉁 돌부리 박힌 흙길이 소박하고 정겹다. 고개 숙여 안양문을 오르니 무량수전, 그 단아한 고풍이 전율처럼 짜릿하게 가슴에 번진다. 단청을 하지 않아도 아름다운 품위, 문살과 배흘림기 둥과 처마의 곡선에 반해 가져간 시간을 다 소모했다. 멀리 첩첩이 뻗은 소백산맥이 횡대로 누워 자리에 들 때, 숨가쁘게 조사당을 배알 한다. 이 절을 다시 오는 데 십년이 걸렸는데 다음은 또 언제일까?

• 부석사: 경북 영주시 부석면 북지리 148 (054)633-3464

*
사량도

돈지리-지리산-불모산-가마봉-옥녀봉-금평항으로 이어지
는 사량도 등산로는 희로애락의 인생역정 같다. 그다지 높지도 않지
만 철 사다리, 밧줄타고 오르기, 수직로프사다리 등 암벽길이 잠복해
있다. 마치 험준한 고봉을 축소해 놓은 듯, 유격훈련장처럼 다양하다.
6시간을 소요해야 할 정도지만 있을 건 다 있는 다소 지루한 길이기
도 하다. 힘든 산행에 가끔 한려수도의 짙푸른 물빛을 바
라보며 한 아름 시원한 해풍을 안
는 상쾌함은 무엇과도 바
꿀 수 없다. 비릿
한 갯내음 풍겨
오는 쪽빛 남쪽바다,
그 섬이 그립다.

왜 힘든 산행을 하는 것일까? 어렵게 살아야 진정한 무엇
을 일궈낼 수 있는 것일까? 힘겨운 것의 즐거움, 나
는 문득 이런 시 한편을 생각해 냈다.

이성복 시인이 물었다.
"시인은 끈질기게 어렵게 살아야 시인이 아닐까요?
보들레르, 랭보, 두보를 보세요"
어려운 삶!
일찍이 호머는 눈이 멀어
지중해를 온통 붉은 포도주로 채웠고,
굴원은 노이로제에 시달리며
양자강을 온통 흑백으로 칠했다
저 어려운 색깔들!
"시인은 끈질기게 어렵게 살아야…"
말 잠시 끊고 창밖 풍경을 바라본다.
시야 한번 닫았다 여는 눈보라,
그 열림 속으로 새 하나가 맨발로 날아간다.

황동규 '시인은 어렵게 살아야 1'

•사량도: 경남 통영
시 사량면 돈지리
(055)650-4690

· 상주 경천대: 경북 상주시 사벌면 경천로 652 (054)536-7040
· 전사벌왕릉: 경북 상주시 사벌면 화달리
· 도남서원: 경북 상주시 도남동 175

'엄마야 누나야 강변 살자, 뜰에는 반짝이는 금모래 빛. 뒷문밖에는 갈잎의 노래' 이 노래의 고향은 아마도 이곳일 게다. 눈부신 금모래가 긴 강변에 드리워진, 절벽 아래 푸른 물어 속살을 보이던 낙동강 제1경 경절대. 서양화 하는 K선생을 모시고 함께 그림을 그리다가, 너무나 아름다운 경치에 맘을 빼앗겨 차라리 쐐주나 마시던 기억이 벌써 10년을 넘겼다. 그윽한 술 향기에 흥분해 온 몸을 놓아버리겠던 그때 그 자리의 아버지는 영원히 부재중이시다. 세월이 만들어 놓은 아픔은 또 하나 있다. 백사장이 펼쳐진 푸른 강변은 간데없고 내장을 드러낸 준설더미만 흉측하게 솟아있다. 속을 긁어낸 강은 뿌연 황토를 토해내며 헐떡헐떡 마지못해 흐른다. 처참함의 극치다. 어렇게 4대강 살리기 사업은 엉망진창 아수라장으로 감행 중이다. 상처가 아물려면 얼마나 많은 세월을 버려야 할까?
귀로에 사벌 왕릉과 낙동강변의 도남 서원에 들렀다. 유서 깊은 아름다운 풍경이다. ■

*
상처받은
낙동강 제1경,
상주 경천대

尚州 경천대
낙동강 풍경
2011. 허경

'상주는 좋은 땅
정도 하고 많은 땅'

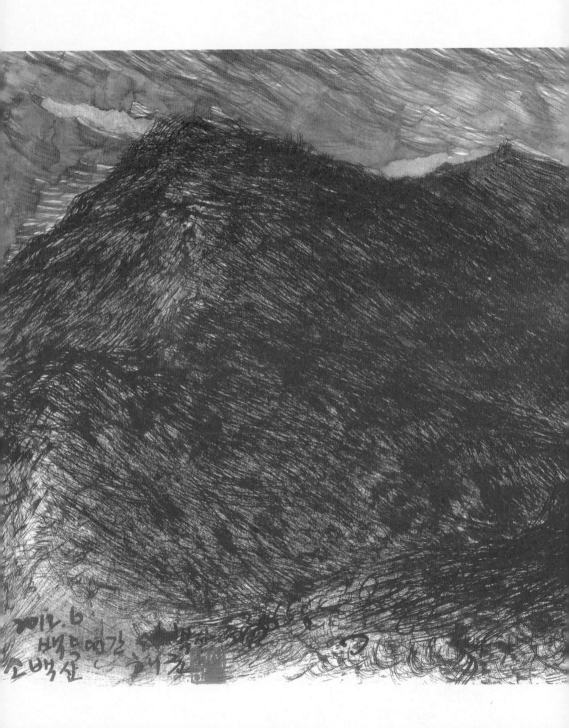

2012. 6.
백두대간 박달령에서 고치령까지
소백산 흐리고

* 소백산에 올라

금강산 시인대회 하러 가는 날, 고성북측 입국 심사대의 귀때기가 새파란 젊은 군관 동무가 서정춘 형을 세워놓고 물었다. "시인 말고 직업이 뭐여?" "놀고 있습니다." "여보시오, 놀고 있다니 말이 됩네까? 목수도 하고 노동도 하면서 시를 써야지…." 키 작은 서정춘 형이 심사대 밑에서 몇 번 바지를 추슬러 올리다가 슬그머니 그만두는 것을 바다가 옆에서 지켜보았다.

파먹고 살 성취도 없는 삶. 이시영의 '시인이라는 직업'을 조미된 이념처럼 씹으며, 소백산 비로봉에 올랐다. 곧바로 운무가 종북이니 매카시즘이니 하는 뉴스처럼 모호한 백두대간 연화봉 등줄기를 치달렸다. 희방폭포 아래로 취할 듯 싱그러운 신록이 미끄러져 내리는 유월. ▣

• 소백산국립공원 사무소: 경북 영주시 풍기읍 1720번지 76 (054)638-8236
• 소백산국립공원 북부사무소: 충북 단양군 단양읍 소백산 등산로길 103번지 (046)423-0708

상주 상현리 반송
천연기념물 제293호
500세 2메 해솔

•상주 상현리 반송: 경북 상주시 화서면 상현리 50

*신의 나무,
상주 상현리 반송

　　천연기념물 293호인 이 노거수는 잔디밭에 널따란 주차장 까지 거느려, 보는 순간 압도감이 온 몸을 떨게 했다. 심전에 담기엔 벅차고 스케치조차 난해한 신수神樹의 화두는 자신을 사랑하라는 것, 스스로를 멸시한 내게 주는 훈육이다. 안내한 친구가 터미널까지 배웅 나왔다. 경희네 대폿집에서 부추전에 이름난 은자골 막걸리 한잔 나눈다. 가지런하고 꽉 찬 녹색부추에 밀가루를 얇게 입혀 선명한 향을 내는, 내가 가장 좋아하는 경상도 부추전의 전형이다. 부추전은 경상도 예식장에서 빠지지 않는 음식이다. 엷은 취가가 안면을 서서히 달굴 때 친구를 떼어놓은 버스는 천천히 정류장을 나선다. 티베트 고산족처럼 검붉은 몰골의 친구가 손을 흔든다. 홀로 귀농하여 농부가 된 녀석, 오늘은 왠지 그도 나도 슬프다. ■

*쌍계사 십리벚꽃길

섬진강은 초록물감을 풀어놓은 듯 푸르다. 매화는 지기 시작했고, 벚꽃길은 하얀 꽃그늘을 드리웠다. 피기는 어려워도 지는 건 잠깐인 바니타스적 삶의 표면에 배냇머리처럼 부드러운 봄버들이 휘늘어졌다. 무성영화의 배경음악이던 옛 노래가 귓가를 스친다. 나는 남인수의 낭랑한 목소리를 기억해냈다.

> 이 강산 낙화유수 흐르는 봄에
> 새파란 잔디 얽어 지은 맹세야
> 세월에 꿈을 실어 마음을 실어
> 꽃다운 인생살이 고개를 넘자

그윽이 술 오른 아버지가 진달래꽃 핀 나뭇짐을 지고 오시며 부르시던 노래다. 관광객들로 북새통인 꽃 피는 동네 화개장터를 빠져나와 쌍계사 벚꽃길을 걸었다. 검은 몸통에 하얀 꽃 모자를 쓴 듯, 벚나무는 화가 박고석의 우직한 그림답다. 산자락과 차밭이 있는 봄길을 걷다가 돌아갈 버스시간이 걱정되어 히치하이킹을 시도했는데 모두 그냥 지나친다. 오히려 마을 주민으로 보이는 오토바이 탄 아저씨가 나를 태워주셨다. 오르막길에 뒤뚱대며 쌍계사 앞까지 태워주신 고마운 분, 세상은 아직 따뜻하다는 걸 증명해 주셨다. 봄의 향훈에 젖어 다다른 쌍계사 대웅전 앞에 하얀 목련이 하얀 미소로 반긴다. 관람 후 주차장 근처에서 또 다시 히치하이킹을 시도했는데 이번엔 젊은 청년들이 나를 화개장터까지 태워주었다. 그들은 오히려 사탕까지 건네주며 내게 깎듯했다. 고마운 젊은이들….

쌍계사 벚나무는 70~80년 된 고목으로 일제 강점기 때 화개장터에서 쌍계사까지 신작로를 내면서 마을사람들이 심은 것이라고 한다. 벚꽃터널은 한국의 아름다운 길이란 표지판에서부터 시작된다. 냇가를 따라 이어진 차밭은 또 하나의 미경이다. 신라 흥덕왕 3년 당나라에 갔던 대렴이 차 씨앗을 가지고 와 처음 심은 시배지가 바로 이곳 하동차라고 한다. 또한 쌍계사 벚꽃길을 혼례길이라고 부르는데 이는 청춘남녀가 벚꽃 비를 맞으며 걸으면 사랑이 이뤄진다고 해서 붙여진 이름이라고 한다. ■

• 화개장터: 경남 하동군 화개면 탑리
• 쌍계사: 경남 하동군 화개면 운수리 208 (055)883-1901

영취산靈鷲山 통도사, 적멸의 도량에서 새해를 열다

　　새해 벽두에 산사를 찾았다. 신앙에 무적자이지만 조용하고 아늑한 산문에 들어서면 마음이 정화되는 청량감을 회복할 수 있어 좋다. 깨끗한 자연에 내면을 씻고 새 마음을 들여놓자는 것은 뻔뻔한 중생의 욕심일까? 통도사는 송광사 해인사와 함께 우리나라 3대 사찰의 하나이다. 규모에 압도당할 만하지만 무엇보다 국보290호 적멸보궁과 금강계단은 진귀한 가치를 지니고 있다. 또한 석가모니의 사리가 있어 대웅전에 부처가 없는 것은 이채로운 광경이다. 부처가 앉아있어야 할 빈 자리 뒤로 넓게 개방이 되었고 바깥에 부처의 진신사리가 모셔져 있는 불보사찰이기 때문이다. 천축(인도)의 영취산과 닮았다고 해서 영취산으로 불리는 산자락엔 빼곡한 노송들이 어깨를 마주한 채 경마장의 경주마처럼 길고 우람한 목을 빼고 있다. 올 한 해도 마음을 잘 다스리자. 법구경의 한 대목이 나를 깨운다. '사랑하는 사람을 가지지 말라, 미운 사람도 가지지 말라, 사랑하는 사람은 못 만나서 괴롭고 미워하는 사람은 만나서 괴롭다.' ■

• 통도사: 경남 양산시 하북면 통도사로 108 (055)382-7182

자장율사가 창건하였다고 함

우리나라 3대 사찰중의
하나이다.
석가의진신사리가봉안된 불보사찰
대웅전과금강계단은 국보290호이다

靈鷲山
통도사에서 2011. 1. 1 경오년
— 새해 첫날

*영주 무섭마을

영주에서 무섭 가는 시내버스를 탔다. 승객이라야 대여섯 정도지만 까맣게 탄 얼굴들이 정겹고 친숙하다. 시골 할머니들 속에 중년의 아주머니 한 분이 눈에 띈다. 무섭 친정집에 가는 길이라며 안내를 자청했다. 내성천 외나무다리는 장맛비에 잠겼고, 백로 한 마리가 황톳물에 떠오르는 물고기를 긴장감 있게 응시하고 있다. 고래등 같은 기와집도 멋지고 박 넝쿨 올라간 초가집도 향수적이다. ㅁ자 기와집이 궁금하여 기웃거리는데 마루에 앉아계신 할머니가 들어오라 손짓하셨다. 대처에 나간 아들이 올 것이라며 부추김치를 나눠담고 계시다가 내게도 한입 맛보여주신다. 칼칼한 손맛이 그윽이 전해온다. 맨드라미 핀 뜨락에 마지막 폭염이 내려앉는 반촌班村의 한낮.

무섭 한식당 골동반 주인장이 나를 받아주는데 잠시 고민을 하는 것 같다. 그리고는 두 연인이 있는 겸상 두 개짜리 방으로 나를 몰아넣듯 안내했다. 다른 빈자리도 많은데 혼자

경주무첨파울에서
2012.8

서 청승맞게 두 젊은이들과 마주하라니. 나는 큰방으로 들어가 금방 가겠다며 주저앉았다. 음식점에서 혼자라고 푸대접 받는 건 어쩔 수 없다. 그래도 내쫓기지 않으니 다행이다. 눈치 보며 게 눈 감추듯 한 그릇 해치우고 나오는데 금방 올 것이라던 예약 손님은 아직 기별도 없다. 소수서원 가려면 다시 시내로 나가야 버스를 탈 텐데. 주차장에서 시내까지 태워줄 사람을 찾아보지만 모두 딴청을 핀다. 할 수 없이 다리 건너 길가에 서서 히치하이킹을 시도하는데 운 좋게 바로 이루어졌다. 중년의 두 여인이 나를 힐끗 쳐다보더니 타라고 한다. 차가 어수선하다며 치워주기까지 하는 친절을 베푼다. 친구 셋이 정동진 쪽으로 여행을 가기로 했는데 오늘 오지 않은 친구가 펑크를 내는 바람에 하는 수 없이 둘이서 무섬에 오게 된 것이라고 한다. 그녀들의 즐거운 수다 속에 금방 영주 시내버스터미널에 도착했다. 좋은 여행 되시라고 깍듯이 인사까지 하는 그녀들, 이 세상 처음이자 마지

• 무섬마을: 경북 영주시 문수면 무섬로 234번지 41 (054)634-0040
• 골동반: 경북 영주시 문수면 수도리 268 (054)634-8000

막이 될 테지만 돌아서니 그립다. 외국여행에서는 자주 히치하이킹을 하여 성공한 적이 있지만 국내에선 쉽지 않은데 그도 그럴 수밖에 없는 것이 요즘 각종 범죄가 기승을 부리고 있는 것과 무관하지 않다. 괜히 태웠다가 잘해야 본전이고 혹시 사고라도 나면 고스란히 독박 쓰니 말이다. 그렇지만 나도 확연한 범죄형 마스크가 아니라면 태워주려는 편인데 타는 사람도 겁나서인지 태워달라는 사람이 없다. 레바논 산맥의 백향목 골짜기를 여행할 때 히치하이킹에 성공한 것이 가장 큰 추억이다. 그때 멋진 레바논 청년이 나를 태워주지 않았다면 긴 레바논 산맥을 걸어야했고, 일정상 칼릴 지브란의 집도 보지 못했을 것이다. ▨

* 오월의 조령산

    꽃을 내린 나무들이 새 잎으로 단장했다. 영남의 선비들이 청운의 꿈을 안고 넘던 과거 길, 연두색 새 잎은 실패한 꿈들을 재생하고 있다. 아름다움은 그것을 발설하는 순간 파괴된다는 미학의 절벽 아래 오월의 조령산이 신선한 녹엽을 흘러내린다. 봄바람은 음유시의 발원지, 별다른 레퍼토리 없이 반복적으로 긍정을 노래하는 새, 이에 반응한 산울림이 기력을 회복한 듯 왕성히 화답한다. 부드러운 봄의 살결이 찔레꽃 아카시아꽃 향을 실어 더욱 맑고 곱다. 신선봉 너머 마패봉, 깃대봉, 주흘산도 전사처럼 어깨를 벌린 채 서있고, 백두대간의 등뼈를 드러낸 아스라이 먼 월악산도 장대한 대열의 끝을 잇고 있다. ▨

· 조령산: 경북 문경시 문경읍 상초리
· 조령산 자연휴양림: 충북 괴산군 연풍면 산1-1 (041)833-7994

• 욕지도: 경남 통영시 욕지면 서산리 118-2 (055)650-3580

*한려해상 국립공원 욕지도

춘설까지 내린 지루한 추위를 떨치려고 남쪽바다로 간다. 박경리 기념관, 김춘수 유품전시관, 전혁림 묘소 등의 이정표가 예향 통영을 알린다. 윤이상의 그로테스크한 동양의 신비가 한 맺힌 부정형의 음표가 되어 가슴 적시고, 우체국 창문 앞에서 편지를 쓰고 가는 유치환의 환영도 산매화 흐드러진 언덕 위에서 지나간 청춘처럼 투영되었다. 욕지도 가는 뱃길에 부서지는 하얀 물거품은 돌담장에 널어놓은 옥양목 호청처럼 눈부셨고, 섬 산길은 봄볕에 익은 갈대들이 사각대며 쑥과 진달래와 정숙한 대비를 이뤘다. 쪽빛 물에 부유한 수많은 섬들이 꼬리 흔들며 파닥이는 한려해상국립공원, 이곳이 진정 꿈의 고향 동양의 나폴리다.

지중해의 산토리니도 이처럼 아름답지 않았다. 이렇게 파란 바다색은 한려수도가 아니면 볼 수가 없다. 산 위에 올라 먼 바다를 내려다볼 때 비로소 진정한 쪽빛 해원을 가슴에 담을 수 있었다. 통영 굴밥집에서 오리지널 굴밥을 맛본다. 구수하고 짭조름한 바다 맛이 잃었던 입맛을 돋운다. 🔲

*1억 4천만년 습지의 신비, 우포늪에 가면

포커 쳤다고 까발려 누워 침 뱉은 중. 진돗개 개 패듯 때려죽인 가짜 중. 도덕적 안전지대는 어딜까? 나는 문득 우포늪을 생각해냈다. 난생 처음 KTX타고 동대구역에 도착했다. 서부터미널로 가서 창녕 가는 버스를 타고, 다시 영신버스로 우포늪까지 갔다. 대여소에서 빌린 자전거로 풀밭 길을 달린다. 비무장지대나 아마존을 연상시키는 숲과 늪. 자욱한 풀숲에서 왜가리, 청다리도요가 긴장감 없는 나그네를 무시한 채 눈을 감고 있다. 찔레꽃이 무더기로 피어있는 산자락에서 뻐꾸기, 꿩, 소쩍새가 제멋대로 노래한다. 모든 동식물이 왕성하게 움직이는 생명의 DMZ, 나는 하이든의 현악4중주 '종달새'에 맞춰 천천히 자전거 바퀴를 옮긴다.

대구 서부정류장에서 창녕행 버스를 기다리는 사이 바로 옆에 있는 관문시장에서 부추전을 발견했다. 2,000원에 사 가지고 창녕의 하왕산 막걸리와 함께 생태관 위 휴식공간 그늘 아래서 점심을 대신했다. 경상도 부추전은 최고의 맛이다. 우포늪엔 음식점이 없다. ■

•동대구역에서 대구서부정류장까지 지하철 20분소요 / 서부정류장에서 창녕행 버스 50분 소요, 요금 3,000원 / 창녕 영신버스 정류장(터미널에서 3분 거리)에서 우포늪까지 25분 소요, 요금1,400원.
•자전거대여료: 어른1인용 3,000원, 어른 2인용 4,000원, 어른 3인용 6,000원(2시간 이내)

한터·세진(우포늪)	
창녕06:50	07:10 세진
08:00	10:55
13:30	13:50
15:00	17:20
18:00	18:20

· 우포늪: 경남 창녕군 유어면 우포늪 길 220 (055)530-1551
· 우포늪 안내소: (055)539-1559

•(사)안동하회마을 보존회: 경북 안동시 풍천면 하회리 749-1
•하회마을 관리사무소: (054)854-3669
•하회마을 관광안내: (054)852-3588

* 정신의 고향, 하회마을

노오란 태양을 찾아 반 고흐는 정신의 열대 아를로 갔다. 나는 가을빛 익는 황금들판을 지나간 세월처럼 스쳐 보내며 하회마을로 간다. 엘리자베스 여왕이 구상나무 한 그루 심어놓고 간 충효당 뜰 밖으로 서양 젊은이들이 진지하게 오간다. 붉게 발기한 맨드라미가 타는 몸을 주체하지 못하고 비틀어대는 골목길. 서애 유성룡의 빛나던 학문과 품격의 자취가 그윽이 풍겨온다. 나는 휘돌아가는 강물 따라 천천히 걸으며 감미로운 삶을 음미한다. 하회탈춤 공연장은 고개 하나 들이밀 틈도 없이 사람들이 울타리를 치고 있어 간신히 바라만 보고 발길을 돌린다. 어디로 갈까? 나는 간 고등어 냄새 풍기는 하오에 다시 걸었다. ■

주산지와 주왕산

    변두리 카페에서 시월의 마지막 밤을 보내며 도망간 세월이 못내 아쉬워 술잔을 기울였다. 추억은 흑백사진 같은 것, 이 순간도 정지할 수 없는 색 바랜 과거가 된다. 푸른빛을 빼앗은 시간의 무늬는 형형색색으로 주산지를 물들였다. 이곳은 각종 야생동물의 서식지다. 150년을 물 속에서 살아온 천연기념물 왕 버드나무는 섬유질 같은 검고 질긴 몸을 수면 위로 노출한 채 몸을 비틀었다. 사과냄새 풍겨오는 과수원 길 따라 주왕산으로 향한다. 대전사 앞 은행나무가 눈부신 노란빛을 발산하고 있다. 주왕산 정상을 돌아 계곡을 내려오며 온몸을 단풍에 적셨다. 빗방울이 피아노 소리처럼 떨어졌다. 나는 음표처럼 걸어 홍두께 칼국수와 파전냄새 물씬한 주점에 빨려들듯 입장했다. ▨

2011. 10 주산지에서
해천 [인장]

・국립공원 주왕산: 경북 청송군 부동면 공원길 169-7 (054)873-0018
・주산지: 경북 청송군 부동면 이전리

운무 드리운 심산深山, 지리산

　　지루한 장마가 끝났다. 빗줄기를 견뎌낸 야생화들이 선명한 색깔을 찾았지만 노고단 길은 운무에 휩싸였다. 나는 좀 더 속도를 냈다. 산죽이 깔린 숲속으로 모성애 같은 바람이 엷게 불어왔다. 나무 그늘 아래서 터무니없는 인생의 보상처럼 도시락을 먹었다. 고급 호텔 에어컨 아래서 먹는 산해진미보다 산들바람 지나치는 숲속에서의 식사가 소박하고 행복하다. 차오르는 숨을 토해내며 반야봉에 오르자 무수한 잠자리들이 허공을 점령하고 있다. 설마 가을이라 생각한 걸까? 이렇게 깊은 산중에서는 계절도 무감각하리라. 삼도봉을 지나 뱀사골 계곡으로 하산한다. **기나긴 계곡은 거친 물소리에 멀미가 날 지경이었다. 애인을 숨겨두고 싶은 곳이라는, 산울림 영감이 바위에 앉아 이나 잡고 홀로 살더라는,** 이 깊은 산을 내려왔으니 적멸이거나 냉혈이거나 은어 회에 쐬주 한 잔 걸칠 수밖에.

　　심심 산골에는
　　산울림 영감이
　　바위에 앉아
　　나같이 이나 잡고
　　홀로 살더라

유치환 '심산'

지리산 반야봉에서
2011. 04 진

• 지리산국립공원사무소: 경남산청군 사천면 덕산대포로 (055)972-7771
• 지리산국립공원 남부사무소: 전남 구례군 마산면 화엄사로 356 (061)780-7700
• 지리산국립공원 북부사무소: 전북 남원시 산내면 부운리 산 93-4 (063)625-8911

*천년의 노천박물관, 경주 남산에서

    어제 친구가 이르게 갔다. 영안실에서 지상에서의 마지막 인사를 받은 그가 화장터에서 몸을 태울 시각 경주 남산에 올랐다. 혈류를 막은 다량의 알코올이 산행을 무겁게 하지만 죽음을 다녀온 양광은 잊지 않고 봄을 알린다. 냉장고 안에서 썩어가는 음식물처럼 세월은 서서히 변했고 죽지 않는 석탑들만 장기를 통과한 씨앗처럼 남아 천년을 버티고 있다. 금오신화를 쓴 김시습의 용장사지와 마애불, 널브러진 석탑들을 지나 금오산 정상에 오른다. 남산을 마주한 망산 주변 산들이 신라 여왕들의 젖무덤인 양 부드러운 곡선을 봉긋 세울 때, 삼릉을 둘러싼 빼곡한 노송들이 고개 숙인 남자처럼 삐딱하게 서서 남아있는 정력의 분출을 애써 갈구하고 있다.

귀로에 들른 불국사는 수학여행 온 중학생 때의 흑백사진이 컬러로 변했을 뿐, 변함없는 모습이다. ◼

• 경주국립공원남산분소: 경북 경주시 내남면 용장리
  426-1 (054)771-7616
〈절터112곳, 석불80체, 석탑61기가 있는 산 전체가
  박물관이다〉
• 불국사: 경북 경주시 진현동 15-1 (054)746-9913

운문사에서
계미 해원 [印]

• 운문사: 경북 청도군 운문면 신원리 1789 (054)372-8800

* 아름다운 비구니 사찰,
청도 운문사

　　오랜만에 먼 남쪽으로 떠났다. 나지막한 한옥이 이어진 길가에 장미꽃이 흐드러지게 핀 유월, 푸른 호수가 있는 벚나무 길 따라 노송들이 허리 굽혀 영접하는 운문사에 다다랐다. 범종각을 들어서니 구렁이처럼 처진 소나무가 몸을 휘감고 지친 나그네를 훑어보았다. 빈혈 같은 눈부심에 눈 내리고 돌아 나와 부처님 전에 무릎을 꿇었다. 모든 죄를 자백하고 떳떳이 고개를 들었는데 본존불이 두 손을 모으고 있어 주객이 전도된 듯 야릇한 기분이다. 부처님도 동양예의지국 앞에서 겸양을 갖추고 있는 것일까? 가을에 한 번 개방한다는 불이문 안 은행나무를 보고 싶어 뒤꼍으로 갔다. 마당 가운데 살짝 드러난 명품 쌍둥이 은행나무가 여승들의 비호 아래 푸르고 의기양양하게 버티고 있었다. 은행잎 노랗게 단풍들면 다시 오라고 새파란 배코머리 여승이 일러준다. 북대암 들러 하산 길에 산채 비빔밥을 먹었다. 아삭아삭한 청도미나리, 향도 맛도 상큼하다.　▨

*청라青蘿언덕과 계산성당

       푸른 담쟁이넝쿨이라는 청라언덕은 몽마르트르를 연상시킨다. 이인성과 이상화와 박태준이 이 언덕을 오르며 잡힐 듯 잡히지 않는 예술의 신기루를 부단히 쫓았을 것이다. "종교 없는 과학은 절름발이고, 과학 없는 종교는 장님이다."라고 아인슈타인은 말했다. 그 어떤 과학도 신을 부정할 수 없는 거룩한 고백이다. 100년 전 서양 선교사들이 이 땅에 왔다. 하지만 선교를 해야 할 그들은 가난하고 병든 환자를 구하는 게 더 절실하여 의술을 베풀다가 전염병에 걸려 죽기도 했다. 의료박물관 앞 묘지에 잠든 그들의 헌신 앞에 숙연해진다. 계산성당에 새겨진 한국 성인상 스테인드글라스는 너무나 아름답고, 계산예가에서 비명에 간 대구의 천재화가 이인성의 그림을 보며 어렴풋한 근대의 그리움을 느낀다. 이상화 고택의 시비 〈빼앗긴 들에도 봄은 오는가〉의 영전에 화려한 긍정의 응답을 바친다. 한 송이 꽃처럼, 봄은 진정 왔노라고.

· 계산성당(계산천주교회): 대구시 중구 계산 2가 71-1 (053)254-2300
· 의료선교박물관: 대구시 중구 동산동 194 (053)250-7100

100년 전 의료봉사를 하다가 전염병에 걸려 희생된 선교사들을 생각하며 우리의 고 이태석 신부가 떠올랐다. 그 어떤 선교보다도 나를 바쳐 생명을 구하는 고귀한 희생은 인간의 땅 위에서 가장 위대하다. 청라언덕엔 작곡가 박태준의 노래비가 있다. 신명여고 여학생을 연모하다가 마음을 앓던, 그러나 끝내 이루지 못한 사랑을 전해들은 이은상이 노랫말을 만들고 박태준이 직접 곡을 붙인 노래다. 이 언덕엔 1899년 동산의료원 개원 당시 초대 원장인 미국인 존슨이 심은 사과나무 2세목과 3세목이 자라고 있다. 대구능금의 원조가 대를 잇고 있는 것이다. ▓

상주. 750년 은행나무 아래첫
2012 해군

*하늘 아래 첫 감나무

　　　고향이란 무엇일까? 모태 같고 어머니의 발자국소리 같은 끌림이 있다. 헤르만 헤세는 그의 작품 전반에 걸쳐 유년의 기억과 다감한 망향의 서사를 담아냈다. 고향은 그리움과 향수와 어머니의 동이어가 된다. 가을비 오는 날 무작정 길을 나섰다. 낙엽버섯을 따거나 메뚜기를 잡겠다던 고향친구는 비 때문에 일을 망친데다 느닷없이 찾아온 불청객에게 경직된 시간마저 순순히 내 놓았다. 감나무 가로수길 따라 750년 묵은 하늘아래 첫 감나무를 찾아 나섰다. 주렁주렁 매달린 감나무가지가 담장을 넘어온 마을 가운데, 늙고 왜소한 이 나무는 종가집 어른처럼 엄중한 품위를 지탱하고 있었다. 썩은 몸에 새 가지를 돋아내며 건실한 감주저리를 널어지게 매달고.

올해 이 감나무는 3000여개가 열렸다고 한다. 마을 뒤편에 거대한 감나무 박물관이 세워져 있었다. 진도의 운림산방에 거대한 기념관이 꼴불견으로 세워졌다가 다시 허무는데 수억 원을 내버렸다는데, 이 박물관도 이대로는 몸집유지가 버거울 것 같다. 해도 해도 너무했다. 어찌하여 이 아늑한 산자락에 어울리지도 않는 거대 철제 건물을 들이댄 것일까? 감나무의 정서에 맞게 오지호의 남향집 같은 소박한 박물관이 더 의미 있을 것이라는 것은 조형학을 전공하지 않은 삼척

동자도 다 알 것이다. 나지막한 부속건물에 감과 연관된 모든 것을 전시하는 공간과 다양한 지역특산물 및 감을 이용한 천연염색, 감 음료 등을 선보이는 친환경 테마 공원이라야 맞을 것 같다. 상주는 누에, 곶감, 쌀로 널리 알려진 삼백의 고장이다. 양잠업은 이미 사라진 과거가 되었지만 전국 생산량의 60%이상을 차지하는 곶감은 더욱 다양한 상품으로 꾸준히 개발해야 할 것이다. 천봉산 아래 소문난 능이 칼국수를 후루룩 넘기고 추가로 막걸리한잔 걸치려 앙산 밑으로 갔다. 소설가 성석제씨가 즐겨 찾는다는 진아 씨멘집은 문이 닫혀 있었다. 그가 소개한 집은 문 닫은 곳이 많다. 글 쓰는 이의 정서는 허름하고 토속적이며 향수를 끌어내는 옛 맛이라야 했겠지만 시대는 이곳도 과거에 머물 수 없나보다. 대신 시장 안 아롱이식당에서 넉살좋은 아줌마가 부처 주는 배추전에 은자골 탁배기 한잔 기울인다. 취기가 아련히 올라오고 고향 집이 떠오른다. 뒷밭에 감나무가 주인을 기다리고 있을 텐데, 부모형제 떠난 빈집은 억장이 무너져서 못 볼 것 같다. 문득 이런 시가 내 눈가에 성에처럼 서린다.

어머니 떠나가신 뒤, 몇 해 동안
풋감하나 열리지 않는 감나무 위로
처음 보는 얼굴의 하늘이
지나가고 있다
죽음이
삶을 부르듯 낮고
고요하게
어디 아픈 데는 없는가?
밥은 굶지 않는가?
아이들은 잘 크는가?

전동균 '동지다음날' 중에서

• 능이칼국수 집: 경북 상주시 만산동 299-1 (054)533-6365
• 하늘아래 첫 감나무: 경북 상주시 외남면 소원리

*환경의 보고 봉암사

     일주문으로 들어가는 흙길은 듬성듬성 풀이 돋아나 있고, 극락전 앞 해당화가 수줍게 꽃술을 숨기고 있다. 수많은 참배객들이 무자비하게 산사를 점령했지만 오늘(초파일) 하루만 견디면 상처가 아물 듯 다시 조용해지리라. 성철, 청담, 자운, 우봉 4인의 스님이 올바른 불법을 세우고자 결사정진을 감행한 도량. 그 후 행곡, 월산, 법전 등 20인이 결사에 참여하여 지극한 법도로 참 선원의 근간을 이룬 곳이다. 또한 희양산을 배경으로 한 봉암사의 반경 4km 내에는 사람의 출입을 공격적으로 금하고 있는 절대 환경의 본적지이다. 이곳을 등산하다가 봉변을 당하기도 한다는데 그래서일까, 인간을 배제한 자생적 생태계는 서슴없이 왕성하고 생동감을 준다.

이곳에 다시 오는 데 8년이 걸렸다. 주차장에서 걸어 40여분 남짓한 곳이건만 셔틀버스를 기다리는 긴 줄이 줄지 않고 있다. 나는 셔틀버스를 물리치고 천천히 걸었다. 들꽃과 새들의 노래가 있는 전원 풍경을 바라보며 걷는 걸음이 산뜻하고 가볍다. 하얀 연등이 대웅전 마당을 덮고 있는 한편에서 긴 줄 기다려 점심공양을 마쳤다. 국보315호 지증대사 탑비와 보물137호 지증대사 탑을 경건히 바라본다. 그 해 이 순간, 아버지가 돌아가셨다는 메시지를 받고 몹시 놀라 곧바로 돌아왔던 기억이 되살아난다. 죽고 사는 건 물소리 같다던, 맑은 물 흐

르는 마애불 아래로 수많은 인파가 살얼음 같은 생을 건너고 있다. 파란 눈의 서양 젊은이가 절간 마루에 좌선한 채, 희양산을 응시하며 지그시 눈을 감고 있는 오후.

참배를 마치고 돌아갈 즈음 천둥을 동반한 소나기가 나그네 야코를 죽이며 억수같이 쏟아 내렸다. 비를 쫄딱 맞고 큰길로 나서자 단 하루를 위한 노변 음식들이 입맛을 자극했다. 길가에서 전 부치는 할머니들, 두릅이 들어간 부추전 한 조각이 거금 만원이다. 미안한지 막걸리 한 병을 추가로 내주었다. 미지근한 떫은 막걸리지만 그래도 푸근하다. 🔳

•봉암사: 경북 문경시 가은읍 산1-1

*황매산 철쭉제

아카시아 꽃향기 따라 눈부신 봄길을 걸었다. 다랭이 논두렁은 잘박하게 물을 가두어 모내기 준비를 마쳤고, 쟁기로 갈아엎은 밭이랑은 부드러운 속살을 드러낸 채 또 다른 파종을 기다렸다. 내 심전엔 무엇을 파종할까? 가파른 바위산을 오를 때 아우성치던 종적 시간은 비로소 해체되었다. 황매산은 우리나라 최대의 철쭉 군락지답게 산등성이 아래로 널따란 다홍빛 꽃물결을 흘러내렸다. 요염한 꽃향기에 얼큰해 질 때 심적 내용이 정신분열을 일으킨다. 안면에 거물 망을 치고 가는 거미, '몸이 아픈 스님 투병치료 모금함' 옆에서 목탁 치는 스님, 잃어버린 안경을 찾겠다고 좌충우돌 뛰어다니는 아저씨. 아! 메멘토모리(죽음을 기억하라), 나는 보들레르의 '악의 꽃'을 비 탐미적으로 끌어와 정신의 복구를 조용히 기다린다. ▪

2012. 5. 12

황매산: 경남 합천군 가회면 둔내리 1319
황매산철쭉제전위원회: (055)934-1411

산은 산

겨울 산사에   망명하다

* 황악산 직지사

우수에 전송한 추위가 가다 말고 돌아서서 회초리처럼 귓불을 친다. 눈 쌓인 황악산은 까마득하고 대춘의 꿈은 아직 이른가보다. 얼어붙은 대지를 녹이려면 수많은 변화가 필요하리라. 힘들이지 않은 따뜻함, 쉽게 얻어지는 안락이 어디 있을까? 인생의 봄도 인고의 공을 들여야 맞이할 수 있는 것. 어찌하던 추위는 싫다. 봄부터 가을까지 수많았던 사람들의 발길도 끊기고 산사는 적요하기 그지없다. 인간에게 시달린 부처도 독거하고 싶은 것일까? 대웅전은 굳게 문이 잠겨있다. 처음 만난 이 절을 천천히 돌아보려 했으나 추위에 쫓겨 황급히 돌아 나왔다. 대웅전 앞 만세루가 학문을 닦는 선비의 집처럼 편안한 이 절에 언제고 다시 오고 싶다. 만물이 소생하는 기운찬 봄이면 더욱 좋겠다. 문밖에 새잎 걸려있는 연둣빛 춘일.

발라드한 꿈이 몽정처럼 젖은 밤. 스마트폰의 새벽닭이 여명을 울렸다. 나는 소리를 치워달라고 고함을 지르다가 꿈 밖으로 쫓겨나왔다. 우물 위에 피어오르는 물 향기처럼, 마음 끈을 당기는 투명하고 결고운 바람의 피부. 뗑그렁~ 시나브로 파문을 그린다. 나는 플랑크톤 쪼는 물고기처럼, 간헐적으로 생각을 쪼아대다가 깊은 적요 속에 함몰되었다.

절 근처에 있는 백수 정완영 선생의 문학관에 들러 잠시 몸을 녹인다. 안온한 시설과 깨끗한 화장실이 있는, 문학의 향기마저 따뜻한 곳이다.
돌아오는 길에 상주 포도한우촌에 들렀다. 직지사에서 20분 거리 육식을 좋아하지 않지만 특별한 맛을 느껴보고 싶어 계획하고 들른 곳이다. 방금 생산한 듯한 육회 맛은 부드럽게 침샘을 녹인다. 더욱이 도회지에서는 상상도 할 수 없는 저렴한 가격이 부담 없어 좋았다. 싱싱한 간과 천엽까지 동반하니 더욱 푸짐하다. 면사무소 직원들과 새마을 지도자, 이장 분들이 룸으로 들어간다. 이곳에선 상당한 대접을 받는 소규모의 유지들이다. ▪

식당 뒤편 산자락에 포도한우를 사육하여 직접 공급하고 있다. 포도즙을 내고난 껍질을 발효하여 사료로 사용한 한우 고기이다. 육회 600g 20,000 원, 등심100g에 5,500원이며 부위별로 접시에 담아놓은 것이(400g정도) 25,000원~30,000원(2인이 먹을 수 있다)이며 입구에서 고기를 사서 식당 안으로 들어가면 채소와 반찬이 나오고 고기를 구워먹을 수 있다. 곰탕, 국밥(5,000) 등도 맛볼 수 있다. 직지사에서 상주방향 모동 지나 하동면에 있다.

•직지사: 경북 김천시 대항면 운수리 216 (054(436-6013
•상주 포도한우촌: 상주시 화동면 신촌리 054)532-3566

- 비룡산: 봉수대, 산성, 회룡대, 장안사 등이 있고 산나물이 많다.
- 삼강주막: 경북 예천군 풍양면 삼강리
- 회룡포 마을 대표전화: (054)653-6696

* 회룡포와 삼강주막

　　오월의 비룡산은 꽃향기 머금은 새 잎과 풀물든 바람으로 인해 더 없이 청량하고, 전망대 아래 회룡포 마을은 몽유선경이다. 내성천이 낙동강과 금천에 몸을 섞어 휘돌아 흐르는 모습을 바라보다가 불현듯 고향 생각이 났다. 귀농한 친구에게 휴대폰을 띄우자 금방 오겠다며 반긴다. 그를 기다리며 고사리를 떴다가 온 산을 헤집고 말았다. 원산성을 내려오자 한걸음에 달려온 친구가 미소로 맞는다. 보부상들이 쉬어갔다는 삼강주막에서 그와 마주 앉아 막걸리 한잔 기울인다. 두부와 묵이 차려진 술상에 구수한 칼국수까지 올라와 잃었던 옛 맛을 되돌린다. 마지막 주모의 사진이 걸려있는 주막 뒤로 450살 회화나무가 세월을 관조하고 있다. ■

詩가 있는 풍경
문학과 미술의 만남

그해겨울-김일해

만약의 생
-신용목

창밖으로 검은 재가 흩날렸다 달에 대하여

경적 소리가 달을 때리고 있었다
그림자에 대하여
어느 정오에는 이렇게 묻는 사람이 있었다 왜 다음 생에
입을 바지를 질질 끌고 다니냐고
그림자에 대하여 나는 그것을 개켜 넣을 수납장이 없는
사람이라고

어김없는 자정에는 발가벗고 뛰어다녔다

불을 끄고 누웠다
그리움에도 스위치가 있으면 좋겠다고 생각하는 밤

신은 지옥에서 가장 잘 보인다

지옥의 거울이 가장 맑다

詩가 있는 풍경
문학과 미술의 만남

나를 보다-안재홍

너무 늦은
-정수자

착지가 더 불안하다
바람의 살을 맛 본 자는
안착의 바깥에서
불시착의 난간에서
헐, 헐, 헐
미끄러지는 생을
밀고 가는
미도착은

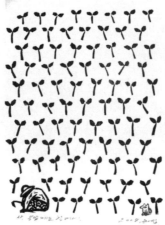

콩밭메는 할머니 - 이윤엽

밥그릇 경전
-이덕규

어쩌면 이렇게도
불경스런 잡념들을 싹싹 핥아서
깨끗이 비워놨을까요
볕 좋은 절집 뜨락에
가부좌 튼 개밥그릇 하나
고요히 반짝입니다

단단하게 박힌
금강(金剛)말뚝에 묶여 무심히
먼 산을 바라보다가 어슬렁 일어나
앞발로 굴리고 밟고
으르렁 그르렁 물어뜯다가
끌어안고 뒹굴다 찌그러진

어느 경지에 이르면
저렇게 마음대로 제 밥그릇을
가지고 놀 수 있을까요

테두리에
잘근잘근 씹어 외운
이빨 경전이 시리게 촘촘히
박혀있는, 그 경전
꼼꼼히 읽어 내려가다 보면
어느 대목에선가
할 일 없으면
가서 '밥그릇이나 씻어라' 그러는

*
후기

인간은 자연의 비호 속에서 생육되는 나약한 존재일 뿐
자연을 정복하고 소유한다는 것은 과오이며 교만이다.

의식의 통제를 벗어난 습관처럼 나는 오늘도 스케치북을 들고 풍경 속으로 간다. 높은 산에 정복당하고 푸른 숲에 흡입되는 자연의 부양은 늘 행복하다.
걷고 사색하며 세월을 관조하는 화조풍월花鳥風月은 문학적 상상력이자 회화적 충동이 되었다.
정연치 못한 나의 작업에도 따뜻한 메시지를 보내주신 고마운 분들과, 결과물을 만드는 데 가장 뚜렷한 힘을 주신 경기일보 문화부장님께 진심어린 고마움을 전한다.

2012년 11월, 낙엽 구르는 소리 먼